苏怡红 著

Ba ZuiHaoDe
Gei ZheGe ShiJie

最好的给这个世界

中国文联出版社
http://www.clapnet.cn

图书在版编目（CIP）数据

把最好的给这个世界 / 苏怡红著. -- 北京 ：中国文联出版社，2022.6
ISBN　978-7-5190-4554-8

Ⅰ．①把… Ⅱ．①苏… Ⅲ．①散文集－中国－当代 Ⅳ．①I267

中国版本图书馆 CIP 数据核字(2022)第 115447 号

编　　者　《人民文学》杂志社
责任编辑　刘旭
责任校对　胡世勋
装帧设计　袁硕

出版发行　中国文联出版社有限公司
社　　址　北京市朝阳区农展馆南里 10 号　　邮编　100125
电　　话　010-85923025（发行部）　010-85923091（总编室）
经　　销　全国新华书店等
印　　刷　天津旭丰源印刷有限公司

开　　本　710 毫米 x 1000 毫米　　1/16
印　　张　26.25
字　　数　60 千字
版　　次　2022 年 9 月第 1 版第 1 次印刷
印　　次　2023 年 4 月第 2 次印刷
定　　价　58.00 元

目 录
CONTENTS

■ **第三辑 一个人，不要怕 / 100**
我们比自己想象的更勇敢，世界比它自己表现得更可爱。

■ **第四辑 那些喝西北风的日子 / 132**
回忆是一碗热汤，思念那么滚烫。

■ 第五辑　你们玩吧，我只想自己待一会儿 / 174

对于你来说，生命充满了迟到早退，
对于这个世界来说，全部都是不变的日常。

——张嘉佳

序　心中有个照亮自己的太阳

李东东

苏怡红是深受青少年喜爱的作家之一，她的作品曾多次入选学生最喜爱的课外读物，文章被《读者》《青年文摘》《格言》等具有影响力的刊物广泛转载，连续入选教育部高等教育公共基础课教材，有的作品还传播至海外。

她的新书《把最好的给这个世界》，是我读到的最有态度的文字。热忱和天真，朴素与简洁，明澈又干净，敏感而诚恳……最可贵的是文字中传递出的温暖、明亮的调子，一种内心格局，充满清新之气。她的文字，能让读者感受到喜悦。

2014年10月15日，习近平总书记在文艺工作座谈会上指出，"文艺是铸造灵魂的工程，文艺工作者是灵魂工程师。好的文艺作品就应该像蓝天上的阳光、春季里的清风一样，能够启迪思想、温润心灵、陶冶人生，能够扫除颓废萎靡之风。"因此，文学作品必须能够"传播当代中国价值观念、体现中华文化精神、反映中国人审美追求"。

中华文化有着悠久深厚的"诗教"传统，文学一向被看作是正人心、化风俗的重要途径，让人们在潜移默化中感悟人生，增强明辨是非、善恶、美丑的能力，更让人们看到光明和希望，对生活充满信心。当前，我们的国家和社会需要精神力量的提升，而文艺作品的启迪作用是社会中不可或缺的。从苏怡红的文字里，我能够读到一种启迪。

　　在书中，她用这样的故事开场：

　　有一个故事。

　　洋葱、萝卜和西红柿，不相信世界上有南瓜这种东西。

　　它们认为这是一种空想。

　　南瓜不说话，

　　默默地成长着。

　　……

　　而她自己恰如其文字一样，是一位在喧嚣中安静自处的作者。自然而不刻意，沉实却生气蓬勃，把感悟和注解交给读者。

　　广泛流传、被众多孩子和家长追捧的《图，原来可以这样拼》，描写的是加拿大小学里的一堂拼图课，在她看似漫不经心的叙事中，却让人沐浴精神的光和亮。作品曾多次入选学生最喜爱的课外读物。被中国教育学会编入《感动教师心灵的教育故事》《心灵启示录——经典教育理念案例》，被教育部选入大学公共基础课教材。

她的文字质朴生动，有一种靠沉淀、浓缩和结晶凝成的温润。"一定有些什么，是我所不了解的。不然，为什么枯了的枝还会重绽出绿芽，黄了的草可以随春汹涌地绿起来，谢了的花依旧吐出新蕾，飞走的候鸟会重返故乡，花草虽然年年重复，却无一枝一芽一朵一瓣抄袭旧作？"读着这样的句子，使人强烈地感觉到她是用一种挥之不去的浪漫，把文学、美学、理性与情怀诉之于笔端。这篇文章不仅被《散文》《读者》转载，更成为《青年文摘》卷首语，还被教育部选入大学《实用语文》的教材。

她的笔调有一种罕见的诚实和耐性，对自然和天地的敬畏，使她的文字添了一份谦逊、温柔和克制。"漏洞百出的世界""一粒种子，路过一个春天""世界，但请尽力而为"，都是对生命本质的热忱和尊重。她说："当人人都前往别

处投奔未来时，你要学会走向自己，自助、自我
完善、自我教育，相信自己、爱自己、充盈自己、
完整自己，在低调安静中成就你的实力。"

这本书题材丰富，关怀视野广大，思路延展
独特。很少能在一册书中，一个人笔下，看到这
么大面积的以温暖做底色的精神风光。完全可以
想象，这其中包含了多少满心的苦与乐，满怀的
悲与喜。在这个浮躁的写作时代，它有一种鲜见
的"世外"品质。

她说："心里总是要有一点光，对不对？要
有那么一些东西，就算永不能抵达，至少可以凭
借着光，活得有方向，有召唤。是不是？"

心中有光，照亮自己的同时，温暖别人。这
是我读到的最有态度的文字。

罗丹说过："生活中不是缺少美，而是缺少
发现美的眼睛。"祝福苏怡红，希望她永远保持
这份热忱和天真，写出更好、影响更广泛的作品。
也希望有更多的人读她、读懂她，进而发现她如
文所述的"惊天动地的美"。

2018 年 2 月于北京

第一辑

世界很美，而你正好有空

时间正在外面静候，和人生一起，埋伏
以待。

——路易斯·塞尔努达

不管怎样，把最好的给这个世界

有一个故事。

洋葱、萝卜和西红柿，不相信世界上有南瓜这种东西。

它们认为这是一种空想。

南瓜不说话，

默默地成长着。

不由分说，喜欢南瓜这种不争辩的态度。

当世界年龄还小的时候，这种误解和评判想必经常发生。但我喜欢像南瓜一样，默默地做自己眼中的自己。

世间事，无论你如何做，总会有饶舌议论。要想实现自己的目标，你必须保持清醒，不迎合，才能不随波逐流。

而这正是《学刊》创刊十年来，以自己鲜明的特色成功跻身省十佳内刊的动力来源。

一本内刊，既可以满足于按部就班，简单地做一本信息材料辑要。也可以选择鲜活、生动，在沟通工作信息、提供决策参考的同时，不忘记潜移默化地影响干部职工的心灵和生活。

《学刊》选择了后者。那就意味着十年以来，必然有更多不为人知的辛苦付出。无须多言的孤独、沉默。

其实，没有无代价的选择。

回避挑战，有时是大部分人认为理性的选择，可以避免付出，避免失败，避免受伤。事实上，你不可能既选择坚持，又取悦所有人。不必执着于别人的评判，当你提问时，其实已经感觉到内心对答案的期待。因此，只需清楚自己在做些什么，并为这些选择付出代价。

想起特蕾莎修女的名言："人们经常是不讲道理的、没有逻辑的和以自我为中心的。不管怎样，你要原谅他们；即使你是友善的，人们可能还是会说你自私和动机不良，不管怎样，你还是要友善；即使你是诚实的和率直的，人们可能还是会欺骗你。不管怎样，你还是要诚实和率直。"

是的，不管怎样，你还是要选择坚持，选择做自己应该做的。

谁说过，人如果不选择在集体中花好月圆，便显得形迹可疑。因此，要有能做自己的自由和敢做自己的胆量，不仅仅意味着更多的付出，而且还需要有更多的勇气。

耐心地，在落寞的世间行走。安然于心灵道路的循序渐进，不去理会各种揣测、怀疑，不必为世间空洞的情谊诚惶诚恐。保持内心的纯洁、愉悦与坚定。朴素，简洁，是一种内心格局，一种力量所在。

在这个时代，人不可能试图用回避或远离挑战来获得与失败之间的距离。只能安然接纳，正面接受袭击。也许孤立无援，颠沛流离，却始终保持内心的信任和热爱。

有时，你必须允许自己败给这个世界不可测的脆弱和威严，败给人性的复杂和深不可言。

但是，不管怎样，还是应该把你最好的给这个世界。🏵

面要慢慢醒，才好

宣纸不好用。父亲说："新的宣纸火气大，要放些年头才好用。"萱放下手中的笔，叹口气，去帮母亲和面。

哥哥嫂子一家周末要过来吃晚饭，母亲要蒸花卷。萱担心面发不好，随手多放了些发酵粉，仍觉得不放心，在和面的水中加了些热水。

天气凉了许多，一些换季的衣物翻腾出来，准备熨烫。

一件羊毛衫不知怎么比原先长出来不少，而一条纯棉裤子膝盖部分的布料鼓起包，怎么也熨不回去。

衣物也很难伺候呢！卖衣服的人说，羊毛、纯棉类的织物，穿一天就要平放着歇一天，不然，就会像现在这样永久变形。但，穿衣服的人哪管得了这许多。

萱学的是服装设计专业。才进这家时装设计公司不久，就遇上公开征集设计作品大赛，获奖作品将会纳入公司新品发布会。萱想抓住这个机会，她有意在设计的作品中加入生活气息，一个临窗倚墙读书的女孩，侧面坐着，头发松松地簪在脑后，身上一袭白色布裙，阳光照过来，女孩子的脸沐浴在光辉中，生动安静。萱想象中，女孩子的衣着看似平常，却能衬托出她的知性典雅，比如布料的温婉、松弛、飘曳，比如局部设计的巧妙、小圆领上手绣的小花、袖口的细纹。

萱很满意画出的效果图，她让几个朋友提提意见。她们都表示，首先吸引注意力的是少女读书的神态，专注、安静，给人带来温暖和光芒，让她们忍不住会多看两眼。而衣裙的随和、柔顺，与整体氛围很搭。

可接下来的进行并不顺利。做出的设计成品穿在模特身上，无论怎么看，总是让萱觉得差那么一点点说不出的东西。

萱熨烫完衣服，揭开面盆上的盖布，面团并不如想象中发得那么好。用手指压了压，还发硬。又盖上布，想找个暖和地儿放下。

她在屋子里转了一圈，北屋里母亲在踩缝纫机。听见她进来，抬起头，迎着她询问的目光说："给娃娃做个沙包玩。""娃娃"是一只小白猫的名字。她走向南边的窗台，那儿阳光正好。

"面要慢慢醒的，不好着急吧。"母亲在身后说。

"晓得啦！"萱答应着，放下面盆。屋里的电视开着，那只名叫"娃娃"的小白猫蜷缩在沙发上睡得很沉。

"没有人看电视，还放那么大声音。"萱嘟哝着，走过去要关电视，然后，忽地停住了。

电视里播放着时装大师山本耀司的访谈，正在说着设计布料的话题。

他说，布料要放上个一两年，自然收缩，才能显露出本真魅力。一丝一缕都有自己的生命，历经时节而成熟。现在的时装界每隔六个月就会开发布会，根本没有足够的时间让这些布料 age（像酒那样贮藏变得醇香）。

原来，不只是酒里才有时间的味道。萱心想，怪不得山本耀司的设计总是在打破传统，在颠覆人们对"美"的认知上大放异彩。

他继续说，我对二手衣物强烈的忌妒心也来源于此，甚至动念："我要设计时间本身。"

萱忽然跑了出去，到刚才熨衣服的东屋，打开柜子急急翻找。终于，从柜子的最下面翻出一个布包，抱起来小跑着来到北屋。

"妈妈，你说过这要送给我的！"

母亲抬起头，笑了起来："你要这有啥用？"看着萱打开布包，里面露出夏布做的帐子。

萱兴奋又急切地说："做衣服，做衣服嘛。"

母亲起身走过来，摩挲着帐子一角，声音一下柔和起来，"这可是我当年的嫁妆啊！"

她轻轻地叹口气："现在谁还织夏布做衣服？"

"从前，女孩子从小就要学会打麻、绩线、织布，只有带上亲手织的夏布做的帐子，才能出嫁。"母亲说。

　　见萱在帐子上比画着，母亲虽然不舍地反复摩挲着帐子一角，仍下了很大决心似的，轻声说："反正讲好给你的，讲好的……"

　　"过去织好的夏布要在河水中漂一个星期，再放到河滩上暴晒，傍晚的时候接着用河水冲洗、晾干。隔夜再放去晒和冲，要重复六七遍。这样出来的布，特别的白，而且上面有若隐若现的斑竹影，就像湘妃竹一样……"母亲眼神迷离，陷入回忆。

　　萱已经计划好用这个帐子的夏布来完成自己的作品。这块静静沉入岁月之中的夏布，真的一丝一缕都有了生命。摸在手里，不同于以往接触到的任何一种布料，而最让人动心的是那种无法模拟出的颜色。不是月白，不是象牙，不是玉米丝，不是海贝壳，也不是白烟色，总之，是自然而又无法复制的颜色。

　　萱想起刚才山本耀司的话，要有足够的时间让这些布料 age（像酒那样贮藏变得醇香），果然如此啊！

　　"萱儿，你在哪儿？"父亲在叫她。

　　"呦，快收起来，收起来，你哥哥要回来了。"母亲醒悟过来，赶紧走出去。

　　萱仿佛看到这块夏布穿在读书女孩的身上，那么温婉地安静着，一切都刚刚好，刚刚好！

　　一整天烦乱的心，终于落定。

　　"今天，真的有些不一样呢。"萱心想。

　　布，有了岁月，就有了不一样的气象。那么，刚才写字用的宣纸，也放一放吧。像父亲说的那样，去去火气。

　　揭开面盆的盖布，果然，面团发起了有原来两倍那么大。手指轻轻按下去，里面布满松软的气孔，萱闻到熟悉的麦香味道。

　　面要慢慢地醒，才好。🀄

想飞，所以就飞起来了

大黄蜂不应该会飞的。

做过研究的科学家都这么说。

大黄蜂的体形比蜜蜂大得多，但它们的翅膀却很小，而且胸腹比例极不协调。根据科学工作者的研究，不论怎么实验，大黄蜂都不可能飞起来。

但事实上，这个小东西能够带着它圆乎乎的身体，飞到任何植物的花蕊上去采蜜。

这一现象让科学家很无奈，最后只能做出这样的回答：那是因为它们想飞，所以，就飞起来了。

这真是个绝妙的解释。

妙就妙在它们不知道自己不能飞，因此，只管嗡嗡地把翅膀扇个不停，结果，它们真的在人们不解和疑惑的眼神中，自由地飞起来了。

事情往往就是这样，当你不知道你不会飞的时候，反而会飞得像鹰一样高。

许多人年轻的时候都怀揣各种不切实际的梦想，以为自己会成为"大人物"，热切地看着遥远的未来，摩拳擦掌。

许多年后，大多数人由梦想中的"大人物"逐渐成为普通人。

但是，正因为对自己没有充分的认知，不知道天高地厚，不知道自己的斤两，我们才会付出最大的热忱和努力，奋力一搏。要是一开始，我们就知道自己的斤两，不敢做任何尝试，这一生肯定一事无成。

尽管最后试出自己的重量不过二三斤，但努力过程中的酸甜苦辣我们都尝过了。虽然很平凡，但对于我们而言，都有它自己的意义。一种亲身经历后才能体会出的意义！

这样看来，社会也许就是被许许多多这样不切实际的理想所推动的。

所以，不要埋怨自己出身卑微、长相平凡、没有机会，不要抱怨做事辛苦、无人赏识、没有捷径，不要在观望等待中，蹉跎岁月而一事无成。

做一只大黄蜂，飞到天上去，你会做到的。🏵

一粒种子，路过一个春天

　　一位植物学者采集了一棵蕨类植物，制成标本，放进了实验室。

　　11 年后的一天，他不小心把一杯水打翻了，水浸透了标本。过了一段时间，他惊奇地发现，标本干枯的叶子居然泛出了绿色。

　　这种植物，叫"卷柏"。

　　世人眼中毫无希望的一粒种子，独自坚持，穿越迷途，经历黑暗，等到了路过的春天……

　　正如有的人一下子就能活到点子上，有的人却一辈子不着边际。那些活到点子上的人，能够专注于自己生命中最重要的事情。不管正经历着怎样的挣扎与挑战，却依然能够耐心地在落寞的世间行走，坚持并相信未来。明白生活不会向自己许诺什么，尤其不会许诺"成功"。它只会给你挣扎、痛苦和煎熬的过程。要想熬至水滴石穿，你必须学会等待，并且保持信任。

　　人生难免会遇到挫折，会有低谷，会有不喜欢却无力改变的事，会有不被人理解的地方，会有要委曲求全的时候，这些时候恰恰是人生关键的时候。在这样的时刻，唯一能做的就是忍耐。独自触摸到生命的深渊，选择理所当然的沉默。对喜欢的东西沉着冷静，内心笃定，从容不迫，清淡如水。要相信，生活不会放弃你，命运不会抛弃你。忍过寂寞的黑夜，天就亮了。耐过寒冷的冬天，春天就到了。如果耐不住寂寞，你就看不到繁华。

一把几乎被遗忘的枯草，11年漫长的等待，加上一杯水，却在不经意间演绎了一个传奇。

所以要等，所以要忍。一直要到秋分过去，到绚烂平息；到风停浪远，天空放晴；到阳光重新夺人眼目；到幸福不请自来。才笃定，才坦然，才能慢慢觉出生活的意义。

所以要相信，总会有那么一个时刻，那样一个地方，让你光芒四射。只是要学会等待，当那一刻到来时，千万不要错过。

所以，不到最后一刻，千万别放弃。最后能得到好东西，不完全是幸运，有时候，必须有前面的苦心经营，才能有后面的偶然相遇。

光阴蹉跎，世界喧嚣。很多时候，人只能在眼花缭乱的生活中随波逐流。所以，我们要警惕，在人生旅途上保持坦白、清醒的自知之明是不容易的。

谁说过，世界太大，生命这样短。要把它过得尽量像自己想要的那个样子，才对。🏵

漏洞百出的世界

这个世界，有风、有雨，有冰雹、有雷电，有干旱、有洪水，有地震、有火山，还有虫害……

如果从自然演化的角度来看，这依然是一个漏洞百出的世界。

所以，我们每天都在祈求风调雨顺，祈祷未来不要有风霜雨雪，不要有地震，不要有干旱，不要有冰雹，不要有虫害……

可是，如果上帝真的听懂了我们的请求，会怎么样呢？

有故事说，上帝有一天终于答应了人们的要求。于是那一年，农夫的田地结出许多的麦穗，由于没有任何狂风暴雨、烈日和灾害，麦穗比平常多了一倍。农夫兴奋不已，等待收成的那一天。可谁知到了收成的那一刻，麦穗里竟然没有结出一粒麦子。农夫很不解，问上帝是不是搞错了某些部分？

上帝答道："我没有搞错任何事情，一旦避开所有的考验，麦子就变得无能了。对于一粒麦子来说，努力奋斗是不可避免的，风雨的考验是必要的，烈日的考验是必要的，蝗虫的考验是必要的，它们可以唤醒麦子内在的灵魂。"

所有的烦恼和不如意，都是别有用意。

所有的挫折与伤害，都是成长的必需。

所有的艰辛和苦难，终将成为生命的养分……

原来，这个看上去漏洞百出的世界，是为了让所有生命懂得：在风雨中成长，才能有所收获。

所以，从今天起，学会心平气和，学会坦然面对。

原谅这世界所有的不美好。

原谅它给我的一切挫折；原谅它让我困惑、犹豫和艰难地找寻；原谅它让我长得那么矮；原谅它让那么多人长得比我美；甚至，原谅它让我当飞行员的梦想，像肥皂泡一样破灭。

因为我终于明白：当它给予我荒野时，意味着我将成为高飞的鹰…… 🔊

有体温的工作法则

米饭、海鲜、蔬菜，它们抱成团，就成了寿司。看上去，这里面的技术含量并不多。可是，有人却做出了"值得用一生去排队等候"的寿司。

"这么简单的东西，味道怎会如此有深度？"食客们总会用幸福的语气问。

他们不知道，这位 87 岁的"寿司之神"，用了 60 年来做眼前这件事。而每一次，都是在重复的基础上诞生的新作。

为使章鱼口感柔软，要对其先按摩 40 分钟；为呵护米饭的弹性，其温度要贴近人的体温……

这小小的寿司里，灌注的是对细节的一丝不苟，是重复中的精益求精，是带着体温的工作法则。

慎重地对待食材的口感，体贴地尝试米饭的温度，这些都是他的自我尺度。这种严谨、诚实，对食客的尊重、关怀和惦念，让不近人情的工作法则，充满了温暖和烟火味道。

"不好吃，就不能端给客人。"这种劳动的认真和严苛的自律，是敬业、敬物、敬人，同时，也是一种自我器重。

没有谁去苛求，对他而言，追求进步，努力向上，就像火热水沸，木暖烟生一样自然。不允许自我有任何一丝松懈或作弊，要把最好的给这个世界。

也许你会说，我只是把工作当成生计。确实，作为普通人，我们不得不委身于工作，都在为谋生奔忙。可是，这并不妨碍你在平淡乏味、日复一日的重复中，给自己一个稍高的要求，磨炼自身的技艺，做出更好的东西，赢得自己的肯定和他人的尊重。

郑重地投入，用修行的方式对待自己的劳动。追求平淡里的深味、琐碎中的精致、朴素里的高贵，是我们大部分人都有机会做出的选择。而时间，也很少辜负这种选择，尤其在精神回报上。🟤

进一寸，有一寸的欢喜

世界著名撑竿跳高名将布勃卡有个绰号叫"一厘米王"。

在一些重大的国际比赛中，他几乎每次都能刷新自己保持的纪录，并且总是将成绩提高 1 厘米。

当他成功地跃过 6.25 米时，有记者追问他成功的诀窍。他说："我只把目标定在'1 厘米'的进步上。如果我当初就把训练目标定在 6.25 米，没准儿会被这个目标吓倒，也就根本达不到今天的成绩。"

每个人，都曾经是有梦想的，问题是，很多人一开始就把目标放在了一眼望不到边的未来。只看见远方的灯火，看不清脚下的坎坷。一心向往着终点的鲜花和掌声，却忘记了中间的过程，跌跌撞撞，在不断挫折中，只能抱怨梦想太遥远，最终半途而废。

远大的目标往往需要长期的坚持和付出，会经历各种想象不到的困难和问题。独自支撑，摸索前行，穿越迷途，经历黑暗，去凝望道路尽头光亮的深长。这个过程，就像布勃卡"1 厘米"的进步，把看似不可能的目标，分解成切实可行的一小步。进一寸，就有一寸的欢喜，累积点滴努力，才能扭转乾坤。

很多人心中都有梦想，也许是终其一生也难以实现的人生大梦，也许只是事业之外的生活小梦。一项调查显示，只有 15% 的人有实现梦想的具体步骤。也就是说，85% 的人都只是想想而已。其实，不管梦想远大还是渺小，你每天是不是都做一点点离梦想更近一步的事？

先得寸，后进尺。

把全部精力放在突破这"一寸"的目标上，这看似微不足道的进步，终将成为成功的阶梯。🌸

平淡里的深味

几年前，我的朋友就用一款软件帮我推算出，古代的我应该是一名建造埃及金字塔的工匠。虽然只是个趣味游戏，但这个结果却让我一直不能释怀。

我担心，那时候的我不能用正确的态度去对待这繁重的苦役，无法去承受那延绵的辛苦。我怕自己不懂得用修行的方式去对待自己的劳动，无法身心并赴，享受劳动带来的安宁和喜悦。甚至害怕自己在重复的苦力劳动中，失去严苛的自律，会有所松懈或作弊，从而失去自我器重。

想起一个广为流传的故事。

三个工匠正在盖教堂，一个行人问正在砌墙的三个工匠，你们都在做什么？

第一个工匠说自己在砌墙；第二个工匠说自己正在拼命干活，为的就是养家糊口；第三个工匠回答的时候，眼睛望着远方，说："我正在盖一座教堂，建成之后，它将成为这里最神圣的教堂，成为人们心灵皈依的净土。当人们在这里祷告后，洗去俗世的疲乏，面露微笑地步出教堂时，我与他们一样满足。我使人们的心灵得到慰藉，这里边永远有我的一份成就。"

我羡慕第三个工匠。同样普通的劳动，他已经从手里的砖，看到了未来的教堂，体验到了自我实现的幸福。

可是，就像故事中所说的一样，古时候的我，需要怎样的修行，才能悟出这其中的道理？

万一，我只是把工作当成苦役，把辛苦视为无奈，把日复一日的劳作换算成薄薄的钞票。那么，我会不会就是那个唉声叹气、愁眉苦脸，每天挣扎在不情愿之中的工匠？或是那个只为了养家糊口而劳动，丝毫体会不到工作乐趣的工匠？

一个人，无论曾经多么鲜活、生动，如果把生计当作一场紧盯地面的觅食，久了，人的目光就会变得像鸡一样短浅。

需要让目光向上，向着高远，视野里有了纯净与澄明、自由与辽阔，这样，当你重返生活时，就会从容一点，少一些势利，少一些算计。心灵自由了，你的生活也就有望了。

"你要爱你的工作，你要和你的工作坠入爱河。"

我打心底希望自己是第三个工匠。这样，即便是古时候的我，也能够在枯燥、重复的劳作中，享受纯粹的安宁和喜悦。

怎样证明你没有虚度时光

说到底，不管谁多么与众不同过，我们每个人最后都会被时间干掉。

那么，你要做些什么，才能证明你没有虚度时光？

其实，何谓"虚度"？每个人的想法也不一样。

有一个故事。

一个美国商人去墨西哥小渔村度假，遇到一个出海早早就返回的渔民，正懒洋洋地躺在小船上晒太阳。

商人问渔夫："你这一天剩下的时间都在干什么？"

渔夫说："我呀，每天睡到自然醒，出海抓几条鱼就返回。晒晒太阳，睡个午觉，喝点小酒。"

热心的商人为渔民出谋划策："你可以每天多花一些时间捕鱼，到时候就有钱去买大一点的船，自然就可以抓更多的鱼，再买更多的船。然后，你就可以拥有一支船队，开一家鱼类加工公司，把生意做到墨西哥城，再到洛杉矶，最后到纽约……"

"然后呢？"渔夫问。

"你的生意越做越大，成为这个行业里的领头企业。搞不好，公司还可以上市……"商人回答。

"然后呢？"渔夫再问。

"到那时你就可以退休了，可以到海边去度假，每天睡到自然醒，晒晒太阳，喝点小酒。"

渔夫很困惑："我现在不就是这样了吗？"

故事里的两个人，对生活的想法是不是很不一样？

虽然看起来故事的终点是一样的：都是在海边的小渔村享受安逸的时光，但是过程却完全不同。

其实，这个故事里没有对与错，只是不同的选择，造就不同的人生而已。

你有没有规划一下自己的生活？还是做一天和尚撞一天钟，一切随遇而安？

对于我们普通人来说，如果安于现状就会使你幸福满足，也没什么不好。不求大富大贵，日子过得四平八稳，什么也不做，四十岁照样也会来临。不过对年轻人来讲，这种生活是不是暮气太重？

如果，你骨子里就是一个选择改变、进取和奋斗的人，那么不管天高地厚、敢于放手一搏的这个过程，或许才是你愿意接受的方式。

生为飞蛾若不敢扑火，这宿命凭借什么壮阔？

但是，最糟糕的事情是，你一腔热忱选择了改变、进取和奋斗的道路，却一直用渔夫的安逸方式去生活，还整天抱怨这不是自己想要的人生。

假如你不满意现在的工作，你活得不快乐，责任在你自己身上。你得分析自己是怎样导致如今局面的，然后去想你要怎样进行自我改造，才能改变现状。

问问自己，对你来说，成功是什么？成功的感觉是怎样的？你想在哪一方面成功？你会怎样争取成功？在哪里争取？和谁一起争取？

你必须大胆构思，但不能太脱离现实。你要把人生的一切植根于生活，保持生气勃勃的精神状态和适度的野心。如果你像我一样已经50岁了，跑得不快，跳得也不高，却把目标定位于"做一名专业运动员"，那也太不切实际了，还是选择其他目标吧！

但假如你真的怀有一个很高、很不寻常的目标，也不妨试一试。这世界上，有很多事情努力也未必获得成功，但提都不敢提，就更不用说了。所以，目标也不要定得太低，万一实现了呢？

有了目标，远远不够。还要有务实、清晰的步骤。

你必须像做数学证明题一样好好分析一下自身，有哪些已知条件（自身优势），还需要什么推导过程，才能满足结论要求。你要下决心解决问题，而不是准备逆来顺受。你要制订自己的全盘计划，而不是任由命运摆布。

有了目标和措施，接下来才更具挑战性。

你可能早早认清了自己的路，却磨磨蹭蹭不愿意上路。你的日记可不能这么写："我跟着地球转了一圈，于是，天就亮了。"要想事有所成，必须尽快行动。

你还要知道，虽然你为自己的人生建立了一个目标，也踏踏实实地努力了，但最终你依然有可能毫无作为。你会发现有很多想做的事，是无论如何也做不成的。甚至，你如此费尽辛苦，也只能证明自己确确实实是个凡人。

但不同的是，你可以接受这样的自己，平凡但不是平庸，尽管有许多事情无能为力，但不能让自己无动于衷。独立的人生奋斗和贯彻终生的内心历程，让生命体验的深度和广度增加了，这样，在回望一生的时候，你所见并不是迷雾中的模糊，而是有清晰的印迹安慰你的内心。

对于我们个体而言，让人生有那么一点点奋斗过的意义，也许，是一种出路。

世界并不美，但我们依然有责任更好地设计和安置作为个体的人生，伟大而渺小、珍贵而卑微的一生。

其实，只要真实地活过，就不算虚度。❀

有些话，说出来是不算数的

　　一直以为自己是个说话算数的人，不轻诺别人，一旦承诺，无论如何也要办到。但是，在过去的岁月中，有些话，我说过，却是不算数的。

　　小时候，常常由衷地对母亲说："长大挣钱都给您。"现在，我已经长得足够大了，挣的钱却常常在不知不觉中就花完了：买花草鱼虫来养、买班德瑞的音乐听、买一大堆喜欢的书看……逢年过节给母亲一些钱，她总说："你自己留着吧，以后用钱的地方多。"

　　少年时梦想成为一名画家，曾在作文课上当着全班同学念："我长大要当画家，画好看的画给大家看……"工作、结婚后，就渐渐忘记了。有了孩子以后，偶尔看着稚气十足的蜡笔画，才想起自己曾经是喜欢画画的。

　　大学毕业离校的时候，跟一位要好的同窗许诺："以后咱们每年见一次面。"许多年过去了，我们再也没有见过面。她去了南部，我改行做了行政工作，大家各忙各的。现在，我们很久不联络了，只是常常想起，我们曾经是最要好的。

　　我刚出生不久，母亲下放劳动，大姐退学回家带我。我懂事的时候，母亲常给我讲："不能忘了大姐。"我天真地说："长大守着姐姐。"大学毕业后，我被分配到离大姐几百公里远的城市工作，后来，嫁到更远的河北。

一位闺中密友，喜欢吃甜食又怕胖。我说："没事，我们俩一起吃，一起在树下睡，一起吃胖，再一起减肥。"结果，她一下胖了 30 斤，天天发愁减肥。而我依然很瘦，还可以一边看书一边吃巧克力。每次看我吃甜食，她就喃喃自语："原来朋友就是可以一起吃胖，却不能一起减肥的那个人啊……"

前几年任职演讲，当着大家的面说："要坚持原则，敢讲真话。"时间流逝，发现绝不让步只能让事情陷入僵局，有时候妥协一下也没什么不好。只讲真话常常会伤害别人的感情，偶尔也说些言不由衷的话。

……

想想，在过去的日子里，一些话，认认真真地说过，却是不算数的。但问题是，这么多年来偏偏一直记得，自己是个说话算数的人…… ▩

（原载《杂文月刊》2008 年第 4 期）

把自己酿成一瓶酒

　　读诗的时候，吟词的当儿，总是不经意地去揣摩：几千年流逝的光阴，字里行间依稀的梦痕，就恰如酿酒的过程。壶中有岁月跌宕的波澜，酒里有乾坤扭转的沧桑……

　　时间在这个过程中，忽然就有了另一种意味。就好像是一本书的扉页，一段情节即将展开，一个故事呼之欲出，而这究竟是一个甜蜜抑或伤心的故事，却充满了变数……

　　也许，只有酒自己知道，它这一秒钟的味道和上一秒有什么不同。也许，正是这种在时间的作用下不断地变化和酝酿，才使酒契合了人生大喜大悲的沧桑，亦痛亦快的跌宕。

　　我不沾酒，因为过敏。但也许正因为不会深陷其中，反倒容易悟出岁月在壶中徜徉的心情……

　　因为对我而言，重要的不是饮与不饮，而是揣想遥远的时光中，酿酒人每每凝视瓶中的未知时，那份期待，那种不经意的牵挂，甚至，还有那些隐隐担忧……

　　我曾把家中的一碗米，变成了酸甜的米酒；也曾把一筐摘下的葡萄，变成了玻璃罐中热烈的色彩。酒和最初的米、最初的葡萄，在形态上已相去甚远。是时间，在残酷地改变一切的同时，留下了令人回味无穷的精神滋养……

　　那么，有谁禁得起把自己酿成一瓶酒呢？从最初的朴素，到最后的浓烈；从最初的无味，到最后的甘醇。这中间，导致失败的因素有很多，不试，怎能知道？

有人说，酒是一种时间的艺术，家中有了一坛初酿的酒，岁月也会因期待而变得荡漾不安乃至绚烂起来……

把对自己的期许、对家人的承诺、对事业的责任，轻轻地放进岁月的壶中，酝酿一段光阴的故事……

深一脚，浅一脚，徜徉在岁月的岸边，谁也遮不住时间流淌的光芒。

你，肯不肯把自己平凡的岁月，融入激情和责任、梦想和行动、勤劳和踏实，酿一瓶酒呢？🏀

世界的门外汉

我四岁的时候，草比我高，路比腿长，蚂蚁比我聪明，风比我跑得快，花比我先知道春天到来。世界上许许多多的事物，还不熟悉我。

我四十岁的时候，草没我高，但许多草我叫不出名字，不知道它们的来历和枯荣的意义。

路不再遥远，我可以早上飞往任何一座城市，傍晚回到家中喝茶。但我说不出家门前的一条马路，掉头北上拐三个弯后会一直通向哪里？

我没见过真正的黄鹂和白鹭，听不懂叽叽喳喳的鸟语说的是什么？我不知道海洋馆里那些美丽却不相识的鱼，应该冠以何种名称？甚至，面对每种鱼的标牌，我感觉到了一个文盲的悲哀，很多字我只认识半边！

终于盼到一个满天星斗的夜晚，我却无论如何也找不到狮子座组成反写问号的 6 颗星（尽管它是我的个人星座）。更想不明白，我现在仰望的猎户座，看到的居然是南北朝时期发出的光。

对经济学，我知之甚少。我刚刚知道一个有趣的现象：两位各自在家中抚养孩子的母亲，如果双双通过劳动市场，作为保姆到对方家中照顾彼此的孩子，那么她们的劳动会因此产生经济效益，国民生产总值也会增长。

我喜欢读些关于哲学、心理学方面的书，但读得越多，越觉得其实对自己不甚了解。

　　很多时候，我错误地理解着这个世界，忽略了许多我不知道的东西。我简单地以"好""坏"评判一些人或事，自以为经历了一些沧桑和苦难，便摆出一副对一切了如指掌的姿态，将自己的谬误和成见当成有用的忠告。

　　这个世界很宽容地任由我一路拈花惹草、评头论足，跌跌撞撞地走到它面前。现在，夜深了，全世界都睡了。我看见世界微微地向我敞开了一条缝，它让我忽然明白，原来，我一直是徘徊在这个世界的门外汉。🕮

我也随便怀几个旧

一大把光阴不知不觉就流逝了，便有了对过往的种种怀想，发现其实那多半是一些琐屑的细节。

那么，我也随便怀几个旧吧……

整理旧物时，发现一个上大学时的笔记本，上面写满了那时自以为得意的诗句。现在看来，不觉为自己那时的肤浅悄悄汗颜。想起那时，自己很郑重地写下这些句子的情景，每首诗，都有钢笔插图。

有一本黑白相册，里面居然还有几张用 135 相机拍的小照片。这是刚上大学，我们班去翠华山秋游的时候，辅导员拍摄的。照片中，我们认真地看着远方，稚气未脱，天真烂漫……

有一本诗集，是好友送的。贴了一张我喜欢的藏书票，一直立在我的一堆英文书籍中，我得承认，好久都没有翻它了。但我知道，它一直在那里，就像一些不常联系的朋友，常常不经意间，就会想起……

一只手表，很久？记不起来有多久，反正很长时间不不戴手表了。但这只表曾经是我最喜欢的。它一直待在床头柜里，每次翻检抽屉，我还会戴在手上看看，可惜上面的指针已经很久不走了……

一些书信。现在想来，我已经有十多年不写信了。过去写信是件很郑重的事，要想好自己要说的话，选自己喜欢的信纸，还要把字写得很漂亮，反正记忆里写信是件颇费踌躇的事。这些旧书信想来也是朋友亲人当时心境的写照，所以不舍得丢，每次搬家，它们也跟着我挪地方……

一片树叶，在一本旧版的《英语900句》里夹了许多年。树叶上还留有圆珠笔写下的日期：1999年6月21日。那一天发生了什么？为什么会有这样一片树叶？模糊得已经记不起来，只记得那些日子好像一直在苦读…… ❀

岁月，扬长而去

又到了岁末。

不经意间，一段长长的岁月，悄无声息，扬长而去。仿佛一个相伴左右的朋友，连声招呼也不打，突然起身离去。剩下的人茫然四顾，想不清楚，以为很长的日子，这么"兵荒马乱"地一下子就过去了。

真的，生命不长。但，在过去的一年里，有些时间，我是用来浪费的。

每天在锅灶边、水池旁，柴米油盐一饭一蔬地算计，锅碗瓢盆、洗洗涮涮地操持。每一日重复着同样的劳动，平淡琐碎，喜欢不喜欢都必须去做。从白天到黑夜，我知道，这些时间，我无法收费。

有时我坐在午后的窗前，什么也不想，什么也不做，只是发呆。看着阳光的影子在桌子上慢慢移动，听着钟表嘀嗒嘀嗒在响，感觉着时间缓缓走过的步子。只有这些独处的时光，我确认自己认真地思考过。

有时我抱回一大堆杂书，躲在安静的角落去读。这些看上去对事业毫无帮助，也不会产生任何经济效益的阅读，占据了我每晚睡觉前的大段时间。但，我满足于阅读带来的沉静和淡淡的欢喜，这些时间，我浪费得心甘情愿。

时常和妈妈有一搭没一搭地说说闲话，聊聊家长里短。

有时，三两个朋友喝茶、谈天；有时，独自一人听音乐、看纪录片；有时，也把别人喝茶聊天的时间用来写字，计划每年都给自己一个不一样的惊喜。

　　做着这些看上去毫无用处的事，慢慢地却觉出生活的意思。🌸

第 二 辑

万物终有生死，但饱含爱与经历

所有星星最终消失，可它们总是无畏地闪耀。

——伊迪特·伊蕾内·索德格朗

不了解

一定有些什么，是我所不了解的。

不然，为什么枯了的枝会重绽出绿芽，黄了的草可以随春汹涌地绿起来，谢了的花依旧吐出新蕾，飞走的候鸟会重返故乡？花草虽然年年重复，却无一枝一芽一朵一瓣抄袭旧作？

一定有些什么，是我所不了解的。

不然，为什么斗转星移，沧桑巨变，那些曾经点亮我们童年的幻想，给过我们温暖和希望，我们以为会一直照着我们前行的不变星辰，也会悄悄地改变方向？甚至13000年前浩瀚的星空中，指向北极的并不是今天的"北极星"，而是在凄凄长夜苦盼七夕的"织女星"？

一定有些什么，是我所不了解的。

不然，我无法想象为什么当我们凝眸那个距离我们1500光年之遥的猎户座星云，看见的竟是南北朝时期发出的星光？

一定有些什么，是我所不了解的。

不然，为什么小小罗盘上的指针竟能在地球神秘磁场的牵引中，敏感地找到自己和整个天地的位置？

一定有些什么，是我所不了解的。

不然，为什么我们在读一切史书、故事、诗歌、传说的时候，会产生深深的共鸣？或惊喜或流泪，或唏嘘或愕然，或冥想或凄然，在古人今人中看到自己依稀的梦痕？

一定有些什么，是我所不了解的。

不然，为什么很多时候我会蓦然看见我自己？那个饥饿难忍，蹲在瘦弱的母鸡旁边等它下蛋的小家伙，不是我又是谁呢？那个默坐在屋角，看着窗户纸渐渐暗下来，心里盘算着怎样远走天涯的小人儿，是我；那个因为地球的神秘而学了地质，并得以穿行荒原，攀上冰川的人，是我；那个徜徉在戈壁荒漠，为顽强生长在风沙中的红柳、骆驼刺和风摇铃感动，被茫茫沙海中偶然映入视线的、衰退的胡杨林而震撼的人，是我；那个茫然四顾，同伴已在独木桥那头遥遥相望，却独自一人望着桥下湍流急泪进下的人，是我；那个不停地赶时间、争时间、杀时间、抢时间，把自己的半世时间折腾得一塌糊涂的人，不是我又是谁呢？

一定有些什么，是我所不了解的。

不然，为什么在黄昏的细雨中，站在街角的我会有一种恍惚空茫的感觉？为什么那十几年前明明早已忘记的心事，会忍不住在一刹那重新出现呢？❀

【原载《散文》海外版 2000 年第 9 期；《广州日报》

2000 年 10 月 18 日转载；《读者》2001 年第 1 期转载；《青年文摘》红版 2000 年第 9 期扉页每月欣赏转载；入选教育部五年制高等职业教育语文公共课《实用语文》(第四册)；入选《名刊卷首语Ⅱ》。】

图，原来可以这样拼

一个月前，老师布置了拼图作业。今天，孩子们带来了自己的作品，老师将和孩子们一起分享他们的成果。

老师用赞赏的目光看了孩子们的作品，然后请大家谈谈拼图作业的体会和感受。

学生："我拼图的时候，先看一下包装上的图画，心中有一个轮廓，然后把外框拼好，再从外向内，这种方法拼得比较快。"

老师："很好。认识一个问题从总概貌入手，然后去了解细节，就像我们面对一个陌生的城市，用一张地图，比一条街一条街去走要快得多。"

学生："我拼了很长时间也拼不好，所以请爸爸妈妈和奶奶帮忙完成了拼图。"

老师："很好。这就是 team work（团队合作），记住，如果你遇到自己一个人难以解决的问题时，可以求助别人，大家共同完成。"

学生："我最高兴的时刻是放最后一片拼图的时候。"

老师："很好。享受成功是一种非常愉悦的感觉。"

学生："我面前是一大堆杂乱无章的拼图片，我根本找不出它们的规律，我试了很多次都无法拼出图案。我心情很急躁、烦闷，干脆把它装起来，再也没有打开。"

老师："很好。有时候放弃也是一种选择。"

学生："我拼了一部分，拼不下去了。看着剩下的200多片拼图片，我再也不想拼了，不过，我觉着包装纸上的图画很漂亮。"

老师："很好。谁也不可能事事都成功。你没有亲手拼成，但你懂得去欣赏别人的成果，这也是一种'迂回的成功'。"

学生："我拼的时候很气恼，有时候刚拼好这一块，一不小心碰到另一块，图画就又乱了。"

老师："很好。你拼的每一块图与周围的图都是和谐默契的，这说明成功与你周围的环境因素是分不开的。"

可以看出，每一个孩子都在真实表达自己的喜悦、无奈、失望……而老师总能从孩子的经历中找出值得他们在以后的生活中珍惜和体会的哲理。

这是加拿大埃德蒙顿一所小学的拼图课。🐾

【原载《读者》(原创版)2004年第2期；入选高等教育出版社2005年7月第一套"高职高专公共基础课系列教材"《思想道德修养》学生学习辅导用书；《家教世界》2009年第3期卷首语转载；入选《智慧背囊》第2辑；收

入中国教育学会主编的《感动教师心灵的教育故事》《心灵启示录：经典教育理念案例》；被《语文世界》《山东教育》《小读者》等转载。】

他把金子扔了

在一堂素质培训课上，老师问学生："假如你居住在一个偏僻的乡村，有一天，你从溪水里淘到了一大块金子，你会进城把它卖掉，还是把它丢进屋后的水塘？"

学生们笑，还互相交换着会意的眼神：谁会那么傻？到手的金子随手扔掉？要知道，城里人还做梦捡金子呢。更何况故事里的"我"很穷，生活在乡下，不会。

老师接着说："卖掉金子，就会有成千上万的人涌向这个乡村淘金，会修起公路，建起集镇，这里会成为繁华的工业区。当然，也会带来污染，会打破你原本平静的生活。请问，你选择卖掉金子还是扔掉金子？"

"卖。"学生们打定主意。

"你亲手用一块块土坯搭建的老屋会被拆掉，你挥洒汗水开垦的菜园会被铲平，你屋后的池塘会流满污水，你家院子里再不会有夜晚的火堆……"老师面无表情地继续说着。

"卖。"学生们不为所动。

"山雀、天空、草原、溪流、明朗的阳光、温润的花香、清澈的流水……都将不复存在。"

"卖。"学生们的声音低下去了，但依然坚持。

"你的孩子衣食无忧，但他不知道，风，可以多么干净，夜空曾经静谧，让人充满遐想，草叶上会有露珠，池塘里的芦苇会一浪一浪起伏……"

学生们表情复杂。

"你的孩子不曾在草地上打滚儿，不知道树梢曾经有鸟雀的家，分不出鸡鸭鹅狗，弄不清五谷为何。有一天，他可能会问，'爸爸，西红柿是不是长在树上？'"

学生们面面相觑，但没人改变选择。

"这就意味着，我们宁愿失去现在拥有的一切？"

学生们无言，但可以肯定，大家都认为到手的"金子"不能轻易丢弃。

"现在，我们换个内容。"老师接着说，"一夜之间，你拥有了一大笔财富。33岁时就赚到了第一个一百万美元，43岁时拥有了世界上最大的企业，是世界上最富有的人。让我们来想象一下，53岁时你的生活该是怎样的？"

大家松了一口气，气氛热烈起来。

"周游世界、尝遍美食、疯狂购物、豪华Party……"学生们七嘴八舌计划着如何花掉这一大笔钱。

老师等大家安静下来，说："'我'虽然拥有了一百万美元，但财富来得太快了，由于担心会失去一切，每天晚上'我'一定要提醒自己成功只是暂时的，然后才能躺下睡觉。所以，除了保住这笔钱，让它赚更多的钱，根本没有时间游玩，没有时间休息。"

在学生们不可理解的嘘声中，老师继续说："由于身体透支，消化系统紊乱，医生只准'我'喝酸牛奶，吃饼干。"

"美食"也靠边站了。

"购物呀！"女同学不甘心，"有多少平时只敢看不敢买的好东西呀，这下全搞定了。"

老师看着同学们，很遗憾地说："由于过度忧虑，'我'失眠、消化不良、掉头发、头部已经光秃秃的，不得不戴假发和帽子，那些时装呀、化妆品呀，买了也没用武之地……"

"啊，花钱还会那么累人？"一位同学嘀咕。

看着学生们难以置信的表情，老师告诉学生，她讲的是两个真实的故事。

前一个故事的主人公是一位墨西哥人。当年，他和淘金的同伴分手后沿阿肯色河一直走下去，后来杳无音信。直到50年后，一个重2.7公斤的自然金块在他屋后的鱼塘里被捡到，在匹茨堡引起轰动，《新闻周刊》的一位记者追踪过这件事。

这位墨西哥人留下的日记中有这样的话："昨天，在溪水里又发现一大块金子，进城卖掉它吗？那就会有蜂拥而至的人群，我和妻子亲手用一根根圆木搭建的棚屋、忠诚的猎狗、美味的炖肉、宁静的夜空……都将不复存在。我宁愿看到它被扔进鱼塘时溅起的水花，也不愿眼睁睁地望着珍贵的静谧和自由从眼前消失。"

"他把金子扔了。"老师说。

教室里疑声阵阵。

等大家安静下来，老师接着讲述："后一个故事的主人公是 19 世纪第一位亿万富翁约翰·洛克菲勒。怕失去财富，为金钱而疯狂，使他在 53 岁时已经双肩下垂，步态踉跄了。他的皮肤失去了光泽，像一张皱巴巴的牛皮纸包在骨头上。他所吃的食物，每周两块钱就可以解决。之后，他听从医生的劝告，停止去想自己有多少钱，而开始思考这些钱怎样换来幸福？他致力于慈善事业，成立了一个庞大的国际性基金会——洛克菲勒基金会，致力于消灭全世界各地的疾病、文盲及无知。他开始改变，并健康地活到98 岁。"

"我不主张你们把到手的金子扔掉。"老师说，"但许多人往往拿是拿得起，放却放不下。今天这堂课我希望你们明白要么你驾驭金钱，要么金钱驾驭你，你的心态决

定谁是坐骑，谁是骑师。" ❀

【原载《中国青年》2010年第1期；《青年文摘》(红版)2010年第5期、《格言》2010年3月转载；入选《小故事大道理》小学版大全集、《影响孩子一生的经典阅读》(中学版)2010年第12期；《意林》炫读——勤奋卷、《杂文选刊》2014年第6期、《半月读》系列刊物《品读》2012年第12期、《高中生》2015年第1期、《风流一代》(经典文摘)2012年第4期、《润文摘》2010年第5期、《小小说选刊》2014年第15期转载】

天是谁叫亮的

我有一个朋友，最近一直很苦恼。

其实本来是件好事。他工作能力强，业绩很突出，被提拔到机关一个部门当领导。他雄心勃勃，想好好施展一番。但新单位的上司对他不冷不热，一些他职责范围内的事，故意交给他的助手去做，把他晾在一边。

他原以为凭借自己的能力，在新单位一定会受到重用，结果却坐上了冷板凳。于是，整日愤愤不平。

朋友说他很灰心，甚至想把辞职报告扔到可恨的上司脸上，然后扬长而去。

"上司在考验你，难道你没看出来？"我说。

他一脸不解。

"你的能力是大家公认的，但你也很可能会恃才自傲。如果你踏踏实实地干好自己的工作，不去计较一些细枝末节的东西，相信你一定可以把冷板凳坐热。"

我告诉他，刚刚读到一个故事。

一位农妇养了一群鸡鸭，其中有一只漂亮的大公鸡。每天清晨，公鸡一叫，主人就起身下地。渐渐地，大公鸡感觉自己比其他的鸡鸭重要，也就更勤奋了。

一天，母鸡和鸭子对公鸡说："每天你一叫天才亮，可是你跟我们一样每天吃黄豆，这太不公平了。"

大公鸡一想："对呀，我这么重要，怎么能跟它们一样天天吃黄豆呢。"

于是，大公鸡就向主人提出了每天吃小米的要求。

没想到，主人二话没说，找了一条麻绳把公鸡的嘴巴扎了起来。第二天清早，公鸡没有叫，天照样亮了，主人照样起身下地了。

朋友想了想，说："上司想让我明白，公鸡不叫，天照样会亮。这个部门没有我，照样可以运转？"

"不完全对，公鸡不叫，天照样亮，并不是说公鸡无用。有时候，我们的工作并不是不可或缺的，不要夸大自己的作用，才是上司的本意。"

朋友后来告诉我，他改变了对上司的看法，积极主动地开展工作，他的部门成为全系统业绩最突出的单位。他自己，也成为上司欣赏的骨干之一。🏵

【原载《中国青年》2010 年第 2 期；《半月谈》2010 年第 11 期；《新故事》(绿版)2010 年第 6 期；《南国都市报》(天下悦读版)2010 年 9 月 15 日转载】

没有心情，将会怎样

相由心生，境由心造。没有心情，我们将会怎样？

科学家说，没有心情，就不会胖。

美国科学家实验证明，如果用药物阻断大脑中一个被称为"杏仁核"（一个处理情绪的重要部位）的区域后，可以控制大脑的反馈机制，阻止发胖。

心理学家说，没有心情，就会面目全非。

俗话说"相由心生"。人的相貌除了先天遗传，还有后天的影响，尤其人到中年，经历了几十年的风霜岁月，对待生活的心境，会通过表情不断地展现在面部，从而影响人的容颜。所以，国外有句至理名言：一个人要对他四十岁以后的相貌负责。

社会学家说，没有心情，生活就会走样。

心怀善意，乐于助人，自己的心境是快乐的，周围的人受其感染，会体悟温暖。平心静气，大度容人，自己的表情是端庄的，周围的人们也会友善。亲近自然，热爱生活，自己的神态是纯善的，亲人同事沐浴在快乐的氛围中，也会心境明朗。所谓"境由心造"，我们想过什么样的生活，其实是由不得别人的。

作家说，没有心情，就野不成了。

有心情的日子，会纵容自己顶着一头蓬草一样的头发，穿着一身宽松的布衫，无拘无束地穿过闹市，约一两个知己或旧友，到山中、水边、草坡，恣意地放开喉咙，抑或像顽童一样翻几个跟头，打一串水漂。反正可以忘掉自己是谁、今年几岁这样的傻问题，由着自己性子跟久已生疏了的大自然胡闹一气。然后，继续自己安静的写作生活。

诗人说，没有心情，只能像一只树熊，坐在安安静静的树枝上，发愣。

没有家，没有一颗留在远处的心。生活只是画布上，一只永远不会流泪的眼睛；一段永远看着，绝不会忽然掉过头去的爱情；一颗因为爱，熄灭了的心。

哲人说，没有心情，才知道什么是心情。

坏日子像一个不喜欢你或你不喜欢的人，总是会不期而遇。慢慢学会面对，才知道害怕应该害怕的，接受无法改变的，尝试可以和解的，一切都会迎刃而解。那些曾经把你气得半死、累得要命、忙得发昏、急得发疯的愤怒、绝望、焦虑、失落、痛苦和无奈，其实就像一个饶舌的路人，搬弄是非的邻居，喜欢唱反调的同事，半夜打电话只想知道你几点睡觉的老友……

我的一位朋友，一脸惊诧道："没有心情，怎么能活？"

很简单，每天，她都要用最好的心情，吃饭。🌼

【原载 2006 年 5 月《辽宁青年》B 版，2006 年 10 月 7 日《广州日报》；2006 年、2006 年 11 月 11 日西班牙《欧华报》、新西兰《太阳报》2007 年第 91 期、2007 年 4 月 29 日美国《中华周报》、2006 年 7 月 6 日《武汉晨报》、2006 年 10 月 15 日《中国剪报》、2008 年 1 月 29 日《文摘周报》等转载】

熬过去，在黑暗中静候天际的亮光

你有没有感觉人生有时候特别艰难？

完全被关在生活里。

心有远方，却束手无策。一个人的心里如此狂热、激奋、孤独和痛楚，却赤手空拳，不堪一击。明天，还在黑夜那边，还很遥远。周围没有路，四处又都是去路。你还没有习惯，站在人生的十字路口，却没有红绿灯的事实。

你唯一的本钱就是年轻，可周围不止一个人告诉你，"别嘚瑟，你们也不会年轻很久。"

所以，你内心塞满了"希望世界尽快记住自己"的野心，太努力地想去成为另一个人，却丝毫也不想花时间了解和寻找自我。结果，你还没有搞清楚自己此刻究竟是谁，就迫不及待地披挂上阵了。

你还不懂得求生的方法，刚一露面，"坏人"就瓜分了你的所有，抢去了你的工作和女友。

你不愿意承认自己是新手，不服气别人的成就。

你还不熟悉，土豆的诚实和麦田的庄重，不愿在意它们的生长逻辑。生为种子，不肯被埋没，不愿去经历黑暗，只一心渴望着破土而出的机会。

有一种毛竹，播种之后即使你尽心照顾，漫长的 4 年时间也只能生长 3 厘米，相当于一根缝衣针的长度。许多人熬不过这"3厘米"放弃了。但是，5年之后，它会以每天30厘米的速度生长，只需6周就可以长到15米高。

是不是有些不可思议？

其实，之前的4年，毛竹已经默默地将根在土壤里延伸了数百平方米，熬过了世人眼中毫无希望的日子，才有了厚积薄发，突飞猛进。

不要以为别人都是免费得到了好东西。有些看上去水到渠成的幸运，其实是先有了挣扎、痛苦和煎熬的过程，才有了后面的偶然相遇。

也许，我们每个人都要经过数年的空耗，才能换得这一刻的清醒。所以，当你迷茫困顿的时候，不要急着让生活给你所有答案。有时候，你需要拿出耐心来等一等。要相信，摆在面前的困难并不是要阻挡我们，而是要唤起我们的勇气和力量。

顾城说："人以为上树必须要有梯子，他们忘了苹果并不是爬上去的。"有时候解决生命里的大难题，靠的往往不是知识赋予你的陈旧逻辑，而是一颗勇敢智慧的心。

你勇敢，世界就会让步。能做的，就是把心沉淀下来，好好用心栽培自己，咬紧牙关，满怀热忱地坚持下去，在黑暗中静候天际的亮光。真正带给内心成长的，是那些需要独自品尝和承担黑暗的力量。

一生中总有些时候，需要我们毫无保留地将一切托付给命运，跳下悬崖，坚信自己不会摔得头破血流。即使被现实无情碾压，也该有破土而出的冲劲。

也许水到渠成，也许永无来日。但我们要选择好好地生着、活着，不断地自拔与更新。

坚强的人并不是不会哭泣，而是懂得安静下来，哭上一会儿，然后又重拾武器继续奋斗。

熬炼是一个过程。

你必须凭靠着信心默默忍耐和等待。如果这是必须经过的道路，就坚持走下去，集中全部精力勇往直前，为自己赢得出路。特别艰难的时候，也许，正是上天准备给你惊喜。有一天，你的生活将闪亮你的眼睛，但你要确保它是值得一看的。🌿

（原载《中国青年》2016 年第 13 期）

亲爱的儿子：

虽然我在这个世界上，花了40多年的时间走来走去，但我不得不承认，我和这个世界不熟。

这样说，是因为如果今后这个世界有任何让你失望、困顿、受伤害的地方，我无法为你说情。除了深深注视，除了牵挂，我无法为你料理伤口，甚至，无法安慰你。

过去的18年，你生活在象牙塔里，而我，也努力保护你，尽量不让你过早目睹世界的黑暗一面。

但是，今天早晨，你背着行囊，走下台阶，挥挥手，径直向外面的世界走去，开始你伟大的冒险征途。

在未来一段时间内，你可能感觉到世界的新鲜和陌生。

你会慢慢知道，这世界上不仅仅有善良、勇敢、真诚、勤奋的人，也有流氓、恶棍、骗子、掮客。这个世界上，不仅有宁静、笑容，也有战争和悲剧。

你要知道，从现在开始，我会假装你已经忘了我，假装你已经学会勇敢，假装你不会偷偷想念，不会回头张望。假装你已经大步流星坚定地走上独立的征程，假装你已经耐心地穿过黑暗和寒冷，假装……你已经走过春天。我会假装，一直假装……直到我自己对一切信以为真。

从现在开始，我要学会把你当成完全独立的别人。当你踩下油门闪入汹涌的车流时；当你深夜不眠，透支健康时；当你胡乱吃下一堆垃圾食品当作正餐时……

我要假装这些都与我毫不相干，我视而不见。因为，一个独立自主的成人，既要为他自己的行为负责，也要为他自己的错误承担后果。

不过，要做到这些，还真不容易！

我只能恳求世界，看在我与它相识40多年的份上，尽量对你温柔些，让坏人和危险尽量远离你，让你尽早领会信念的力量，给自己一个远大的前程和目标。让它给你时间，学会思考与辨别是非荣辱。让你坚信真理和良知、温暖和善良，让你知道世界也有千疮百孔之后，仍然会对世界保持热爱和信任。

恳请世界，让困难和挫折磨炼你的心性，洗刷你的偏激，培养你的厚重，练就你的大气。让你明白，即使跌倒了，四脚朝天，一败涂地，也可以从容地爬起来，有尊严地走下去。让你在看清楚脚下的坎坷时，也能看见远处温暖的灯火。

这个要求很高，作为母亲，我力不从心，因为，今后我只能是一个旁观者，远远地注视、牵挂，但一语不发。

所以，世界，但请你尽力而为。⊛

人生最重要的

人生最重要的是什么？

知识、勇气、金钱、健康、爱情、事业……

如果让我们选择，每一项似乎都沉甸甸的，选择哪一个都不完全，放弃哪一个都难以割舍。曾经有人在 30 岁至 60 岁的人群中做过调查，答案应有尽有、不一而足。

可是，这一切看上去都很重要的选项中，你是不是漏掉了最重要的一项？

那就是"时间"。

我们的人生，是不是饱受时间的制约？

有的人雄心勃勃，要成就一番大事，可是时间不够了。

有的人幡然醒悟，想重新开始，可时间回不去了。

年少的时候，希望快快长大，日子过得更快一点。现在，才发现光阴如水，想留都留不住。

刚做父母的时候，整天数分数秒，巴望着孩子幼儿园毕业，觉得那时间太长。孩子转眼间成家立业，又觉得一切都很仓促。

时间，才是左右我们生活的上帝。

每个人，都曾经是时间的富翁，也都曾青春年少。可是，当我们明白青春可贵的时候，也同时知道晃过去的时间根本就不值钱。

我们总以为，父母是自己身后永远虚掩的门和亮着的灯，等明白时间禁不起等待的时候，已经变成世界的孤儿。

　　以为来日方长，以为年深月久。

　　但时间席卷一切。

　　英雄气短，美人迟暮。

　　山河依旧，盛年不再。

　　生活中，最重要的，对我们影响最大的，难道不是"时间"吗？

　　时间，就是这个世界走丢的孩子，喊也喊不回来。

　　所以，要在生命短暂的时光里，尽可能地去灿烂，苦也去，累也去，险也去，难也去。总之，告诉自己，什么也不要管，只是去，只能去，必须去。生命中所有可能的绽放和明媚，一点也不要错过。

　　也许孤立无援，颠沛流离；也许含泪认输，满腹委屈；也许困顿无助，前途渺茫……

　　这些都不要当成同情自己的借口。事实上，只要自我器重，只要你不摔自己，这世界是摔不破几个罐子的。

　　有时候，需要你再踏实一点，再勤奋一些。

　　有时候，需要你咬紧牙关再挺一挺。

　　给时间一点时间，尽己所能，全力以赴，把生命的能量发挥到极致，结果就已经不再重要了。

一个人，应当活得像土豆一样憨厚，像麦田一样稳重，这世上还有比它们更扎实、更可靠的生长逻辑吗？

作家古龙说过，一个人若走投无路，就放他去菜市场。在那里他才会恍然大悟：世间万物原来都有自己的责任和使命。野菜有斤斤计较的价值，苇叶也有讨价还价的余地。茄子不必嫉妒西红柿色美，辣椒也不用理会黄瓜长短，只要安于本分，做最好的自己就行。

在寻常的光阴里，一寸一寸挪过，才能走得像样。

世界这么大，人生这样短，我们要选择踏踏实实地活过，而不是，从自己的全世界路过。🏮

风打开的窗户

丹尼尔·卡尼茨是美国一所中学的社会科学课教师，他要完成的一个教学任务是让学生们理解"美国宪法"。

想象一下，让学生们一章一章读宪法，然后在课堂上讨论——很快大多数人就睡着了。

出乎意料，丹尼尔一走上讲台就宣布：在得到他的许可之前，禁止学生读真正的宪法。

教室里疑声顿起。

"当然，是在你们写出一部真正的宪法之前。"他进一步解释道。

全班学生每两人一组代表一个州或地区，这样，13个代表团聚集在一起，模拟当年美国费城制宪会议，讨论制定宪法。

学生们听明白了，一时间跃跃欲试。

丹尼尔向13个小组就他们所代表的州或地区当时的基本情况和特殊利益作了简要指点。比如：南方各邦都是蓄奴邦，而蓄奴最多的南卡罗来纳，奴隶占人口总数的43%。马萨诸塞和康涅狄格实行盟誓或契约管理体制，佐治亚则地里种什么庄稼都由官方说了算。南卡罗来纳的代表被告知棉花的重要性，奴隶贸易的必要性和合理性，工业化的北方所造成的威胁，等等。作为当时北方最小的一个邦，特拉华的代表则被告知由于贸易权问题，沉重的出口税会对其存在和发展有诸多不利影响。马萨诸塞的代表则必须关注糟糕的财政状况，以及独立战争中拖欠的大笔债务……

这样，13个代表团各有各的情况，各有各的利益，各有各的想法，聚集在一起讨论诸如议会组成、选举权限问题、立法否决权问题、行政官选举办法等。

学生们以空前的热情参与了讨论，各邦代表针对不同观点发生了激烈辩论。丹尼尔只是在必要的时候给予指点，大多数时候，他都在静静地倾听。

经过几个星期，学生们依靠自己写下了一部宪法。然后，他们开始读真正的宪法。

学生们把发动战争的权力交给了总统。

而1787年的代表们，将这项权力留给了国会。

学生们使奴隶获得了自由。

而原先的制宪会议，却不得不在奴隶制问题上达成一系列妥协。

学生们对各种问题都投入了极大兴趣和关注。

不知不觉间，这部世界上第一部成文的宪法产生的背景、过程、民主与共和体制的创造、宪政与法治精神的确立，慢慢渗透到学生们的意识中——就像风轻轻推开了窗户。

一位诗人说，春天是鸟嘴里漏下的种子，在不经意间，绿了一片天地。

听丹尼尔的课，就是这样的感觉。🏮

把每一天活得无懈可击

我们全都一无所有，却又充满希望地来到这个世界，有太多方式可以度过一生。告诉我，你怎样去生活？

不少人选择"顺其自然"。聪明的你，别以为这是最省心的活法。

其实，这里的"顺"，是合心聚力，顺势远行，也就是借题发挥，顺势而为，把自身的优势和时运结合起来。就像冲浪的人，等待着下一个汹涌的浪头，把他推向更高处。顺其自然，并不是无所事事，被动等待。

真正的顺其自然，应该是竭尽全力后不强求结果，而不是两手一摊，无所作为。

还有人说，我就甘于俯身烟火世俗的生活。

你以为，做一个简单的人，就比做一个特别的人容易吗？并不是这样。我们都是普通人，生活如饮水，甘苦自知，既然别无选择，不如尽力而为。其实，生活中唯一的英雄主义，是甘愿投入生活的精神。年轻的你，不要渴望时光会为你驻留，什么也不做，40岁照样会来临。但是，你激昂，你高歌，你行进，你的生命就是不一样的烟火。我们的目标应该是不断努力成为更好的人，对不对？如此，才能借着更远大的梦想扩张自己的界限。

做一件事不难，难的是每天都做同一件事而不放弃。

该做的事，再困难也要做下去。坚持的意义在于——不但要努力，还要持续努力。

西典军校有句名言：放弃之前，问问自己是否真的已竭尽全力。放弃，只是一个念头，而永不放弃，则是一种信念。

没有全力以赴，哪有美好人生？等来的，只是"命运"，拼出来的，才是"人生"。

与其迷茫，不如换一个角度审视自己。

如果你爱读书，就学以致用。如果你有情怀，就让情怀有落地的途径。如果你向往远方，就脚踏实地地努力，为自己找到去远方的办法。

真正改变命运的，并不是机遇，而是我们的态度。

蒙田说："人间总有那么多出其不意的突变，很难说我们怎样才算是到了穷途末路。人只要一息尚存，对什么都可抱有希望。"

把你自己该做的、要做的，做好，剩下的交给时间。人生只有一次，只为不虚此行，不要辜负了自己。我可以接受失败，但绝不能接受未奋斗过的自己。🏵

认清自我的努力，才是对生活最大的敬意

年轻的时候，听到最多的话是，"千万要奋斗"。许多年后才明白，后面还有一句："努力要得法。"

有一个故事。

日本有个因为车祸失去了左臂的小男孩，一心想学柔道。一位柔道大师收他为徒，可师父三个月始终只教他一招。小男孩不解，师父告诉他："这一招就够了。"

经过一段时间的刻苦训练，男孩开始参加比赛。出乎所有人的意料，男孩不仅旗开得胜，过关斩将，还在决赛中将强大的对手击败。

赛后，男孩鼓起勇气问师父，为什么自己可以凭借一招就赢得冠军？师父答道："第一，你几乎完全掌握了柔道中最难的一招；第二，据我所知，对付这一招唯一的办法就是对手抓住你的左臂。"

失去左臂是男孩最大的劣势，可也恰恰是柔道这一招最独特的优势。师父看清了男孩的独一无二，从而使其努力焕发出强大的力量。你不需要模仿任何人，只需要把自己擅长的发挥到极致。

骏马能历险，犁田不如牛。坚车能载重，渡河不如舟。每个人都有自己致命的软肋。在自然界，猎豹跑得快也经常抓不到羚羊，因为它具有所有猫科动物的弱点——奔跑

的距离有限。即使动画世界里的超级英雄，也有不为人知的脆弱：蜘蛛侠的痛点是朋友和家人；钢铁侠强大的盔甲下是一颗需要十分小心、频繁充电的心脏反应堆；超人的终极弱点则是会让其丧失全部能力的氪石。

弱点或者软肋，往往是一个人的局限。是你最脆弱、最不堪一击的地方，是阻止你自身成长的主要障碍，同时也是你最不愿面对的盲点。

一粒石榴种子，有两种结局：认为自己是一朵花的，会在花盆里长到半米高；认为自己是一棵树的，可以在田野中生长到四五米高，并且结出饱满的果实。你拥有怎样的认知格局，就拥有怎样的命运。

"What's your weakness？ And how can we help you with that？"这是美国大学研究生面试的一个问题。大致意思是你的弱点是什么？在这方面我们能够如何帮助你？

人生三万天，你有没有花三天时间来考虑一下这个问题？是否有人推心置腹地告诉过你，你最大的弱点是什么？你记不记得上一次别人对你的批评是什么时候？因为什么？有没有人说过让你感到愤怒、受到极大伤害的话？

如果在你心里，自己面目模糊，不知道自己想做什么，在做什么，会做什么，能做什么，那么即使让你披挂上阵，也没有取胜的把握。

知不足，然后能自反也；知困，然后能自强也。认清自身的缺陷，扬长避短，你就能轻装上阵，争取最大限度地将其发挥与利用。

能够对付这个世界的不是野心，而是目标和实力。你是谁，以及你的与众不同之处，使得你一站出来，别人就能辨认出你。

千万要奋斗，但努力要得法。做任何事情都要有方法和诀窍。即使剥一头蒜，也不必非得费劲去一层层抽丝剥茧，用对方法，提升效率，才能增强未来的竞争核心力！相信铁杵可以磨成针，但你绝对不会在需要一根针的时候，真的自己去磨。现实中也是如此。费点心思，琢磨一下做事情的思路和方法。很多时候，不是因为不够拼命，也不是因为不够努力，而是没有找对解决问题的方法。

即使面对相同的职场，有的人步履维艰，有的人却如鱼得水。如果你不顺利，就要找找原因。如果是自身原因，就得想办法充实自己，完善自己。无论是谁，都喜欢有能力又不浅薄的人，上司也一样。如果可能，你最好用自己的能力征服他，再不然，就用自己的踏实、勤奋和实诚来安妥他。如果你只是埋头像陀螺一样旋转，即使你再努力也永远在原地踏步。

许多道理，不是聪明就可以明白，需要在进退浮沉之后产生顿悟。也许，现在的你还没有完全认清自己，也没有找到目标和途径。一些努力有去无回，很多付出如竹篮打水一场空，曾经的深情终被辜负。但是，不要紧，所有的失去，都会以另一种方式归来。因为，如我们这般笨拙但真诚生活的人，伤痛也依然是获得救赎的终极情感。

马克·吐温说，你生命中最重要的两个日子，一个是你出生的日子，一个是你知道你为什么出生的日子。🏵

在低调安静中成就你的实力

你有勇气，可总觉得对付这个世界还是不够？

你想对这个世界发出声音，可一个人，又怕不敢？

你是不是总为自己的表现沮丧？还会为自己的不起眼自卑？

其实，爱因斯坦4岁才会说话，7岁才认字。老师对他的评价是，"反应迟钝，满脑子不切实际的幻想"。

牛顿上小学时成绩很差，被认为毫无发展前途。

爱迪生年少时，老师说他太蠢，什么都学不会。

迈克尔·乔丹读高中时，被学校的篮球队拒之门外。

华特·迪士尼被报社编辑辞退，因为他"缺乏想象力，毫无创新精神"。

丘吉尔在小学六年级时曾遭遇留级。

罗丹被父亲认为是个白痴，其叔叔也绝望地表示，孺子不可教也。

……

世界就是这样，在没有认出我们真面目的时候，我们会被偏见包围。

少年人，面对老师、长辈和家人的时候，大抵都有着这样的苦闷。其实，要做的就是安静下来，心沉下去，生活才会满溢出来。用心来确定那个本真的我，认准自己的方向，奔跑，奋斗，仰望，努力。你还年轻，别怕生活欺负你，即使且战且退，也会给你带来成长。世界才虚晃一枪，你别掉头就跑，至少也勉强交手几个回合，尝到苦头，鼻青脸肿，你才能知道自己的问题在哪儿。

鲁迅说："至善至美是不存在的，但我们仍然要奋斗，仅仅为了要跟黑暗捣蛋而奋斗。"也许，年轻的你，并不一定清楚自己要过什么样的生活，但你一定会知道，自己不要过怎样的生活。其实，生命中最难的阶段，不是没人懂你，而是你不懂你自己。

不要太在意别人的眼光和评判，完美与破碎，没有一定的界限，全在于你怎样去看待。我们每天在外面的世界赴汤蹈火，没有几个人不带伤。而这些摸爬滚打的裂痕，最后都会变成各自人生故事的美好花纹。

"烫手的山芋"谁一生都会遇到几次，不接是"本能"，不得不接是"形势"，接了抛出去不烫伤自己才是"能力"。说起来好像很简单，但大多数时候，我们不仅没能抛出去，还把自己烫得不轻。你能够进步和成长的时刻，也许正是这样自我矛盾、进退两难的境遇。最好的方式，是学会把遭遇的黑暗、艰辛和自身具备的光亮一起承担起来。

你看，流水在碰到阻碍后，才把它的活力释放，水花四溅。前行的路上，吃点苦，受点委屈，被人误解都是常态。不要害怕别人说出一些让你受到极大伤害的话，因为很可能别人的话戳到了你一直不敢面对的盲点。你只需要静静地生活、观察、思考，自觉自醒，自悟自明。

想钓大鱼，得去深水。要相信，如果这世界真有"奇迹"，那也是"努力"的另一个名字。年轻的你，不要轻信速成和捷径，即便是大器晚成，也必须在先前打好足够的埋伏。

你要时时刻刻提防自己的懒惰，要振作、要辛苦、要忙、要给自己定一个不容易对付的目标，找一个难以施展拳脚的领域，这样才不会让自己随波逐流。要在 30 岁前打个漂亮的翻身仗，让全世界看到你对自己的爱惜和你要好好生活的诚意，甚至，看到你在无人问津时对梦想的偏执。

萨特说："人是自由的，懦夫使自己成为懦夫，英雄把自己变成英雄。"你现在的每一个当下，都在创造你的未来。这是你的人生，舵在你的手里，你自己说了算。

时间像一条河流，年轻的时候，你看不出它带来了什么，或者带走了什么，它只是经过。有朝一日，等你幡然醒悟，才知道它转瞬即逝，却摧枯拉朽。我们穷，只此一身青春，如同"我觉得我的青春纵身一跳，消失在一个没有名气和回音的山谷里"一样。

所以，当人人都前往别处投奔未来时，你要学会走向自己，自助、自我完善、自我教育、相信自己、爱自己、充盈自己、完整自己，在低调安静中成就你的实力。有了它，你就敢对这个世界发出声音。然后，静静地做自己，让世界在尘土飞扬中，寻着路向你走来。❀

轻点啊，因为你踩着我的梦

那之前，"未来"还很遥远，还没有形状。"梦想"，还不知道该叫什么名字！

他也只是个喜欢文学和音乐的孩子，对科学，没有表现出特别的兴趣和热情。

一天，物理老师在讲"能量守恒定律"，力对物体做功、能量转化等，听上去很枯燥、乏味。

课上，老师忽然问大家："有一个泥瓦匠辛辛苦苦把一块沉重的砖扛上了屋顶，他对这块砖是不是做了机械功？"大家都毫不迟疑："是的。"

老师接着说："现在，这块砖放在了屋顶上。注意，它要一直待在那里，它刚才具有的机械功还存在吗？"

大家面面相觑：屋顶那么一块安安静静的砖里如果存在机械功，你怎么证明给大家看？如果不存在，那刚才泥瓦匠扛砖做的机械功哪里去啦？

同学们七嘴八舌，认为机械功还在砖头里的同学，拿不出证据说服大家相信他们的论调，而认为那块静止的砖头里不存在机械功的同学，也无法说明原来砖头里的机械功怎么消失了？

一时间，所有的人都对这块砖头投入了极大地关注。

谁也说服不了谁的同学们，最终渐渐安静下来，一起把目光投向讲台上的老师。

"泥瓦匠扛砖的功并没有消失，而是原封不动地储存了起来。"老师说，"过了很多年，直到有那么一天，这块砖松动了，它储存了多年的功就出现了——"

在大家充满疑问的眼神注视下，老师拉长了声音："啪！它落在屋檐下一个人的头上，把他的头打破了。"

教室里忽然爆发出笑闹声。就是在砖头掉落的一瞬间，枯燥、乏味的物理学概念一下变成了令人兴奋、向往的生动世界。

这个故事给课堂上的他留下了终生难忘的印象。从此，外面那个喧嚣的世界远去了，神秘的物理世界向他敞开了大门。他如饥似渴，找来许多物理学书籍去读，他的志向也开始转向科学研究。

从1896年起，他开始对热辐射进行了系统的研究。经过几年的艰苦努力，他于1900年第一次提出了"黑体辐射公式"，公式里的常数就是现在大家都熟知的物理学里的"普朗克常数"。由于这一发现，他获得1918年诺贝尔物理学奖。

他就是德国著名物理学家马克斯·普朗克，量子力学的重要创始人之一。那位中学物理老师名叫缪斯。

人生中最重要的那一刻，就是一语点醒梦中人，对不对？别人只是惊动，我却要闻鸡起舞了。

亚里士多德说："人们往往愿意相信事实和数据，但无意间却会被故事吸引，并沉浸其中。"经过情感故事包装的事实，会以洪流般的势头迅速打开人们的心门。

"小时候"恐怕是我们每个人人生的"第一层漆"，它决定着我们生命的底色，无论漫长的岁月如何让它变得斑驳陆离，但那个底色却永久留在我们生命中。我们每个人年幼时，都曾遇到过那个重要的"刷漆人"，他也许并不知道某个不经意的瞬间，极大程度地改变了我们的心理走势。

我们都曾有过踮着脚尖张望世界，打量四周却混沌未开的时候，对不对？

"可我，除了梦想，一无所有。就把我的梦，铺展在你的足下。轻点啊，因为你踩着的是，我的梦。"

所以，成年人，当你面对幼小的时候，你要小心啊，你呵护的不仅仅是他们小小的梦，还有未来无限的可能性。

其实你不必历尽沧桑

你说，感觉自己就像庄稼地里吓唬鸟雀的稻草人，随随便便一披挂就上阵了。你担心，那么大的江湖，那么多的"如果"，以自己"白纸"一样的经历，根本无法应付。正如，"原本我们初生入世的时候，最初并不提防这世界是如此狭隘而使人窒息的（丰子恺《学会艺术的生活》）。"

每个新人，可能都有过这样的迷茫和无助，问题是，这个世界永远也不会等你准备好。

"纸上得来终觉浅，绝知此事要躬行。"这句话我们再熟悉不过，因为从小就被灌输你要知道梨子的滋味，就要亲口尝一尝。

可是，如果每次的进步与成功，都仰仗切身经验或失败所提供的教训与启示，代价是高昂的。"长一智"不一定要以"吃一堑"为代价，思维和逻辑能力是可以培养的。前事不忘，后事之师。世界上最聪明的人，是借用别人撞得头破血流的经验作为自己的阶梯。

爱默生说："我最好的一些思想，都是从古人那里偷来的。"一个懂得借鉴他人的后来者，正走在一条前人开辟的最佳道路上。

一个人的知识和经验是有限的。人的生命只有一次，大多数人只能依靠自己有限的经历、积累的经验，对遇到的事情做出判断。但善于学习的人，可以从别人的经验里拓展自己的认知边界，特别是认知层级比自己高的人的观点，可以帮助你从别人的视角看待事物、认知自己。

所以，资历浅，阅历少，其实并不可怕。你可以挖一个洞，把自己藏起来，勤力修炼，积攒实力。看别人失败的经验，看出一身冷汗，你就离成功不远了。这样，你就站在了前人的制高点上，待有朝一日，破土而出，即便看上去势单力薄，也能够一个人继往开来。

某著名大公司招聘职业经理人，应者云集，其中不乏高学历、多证书、有丰富工作经验的人。但最终，一位本科毕业、只有中级职称的申请者胜出。打动考官的原因是，他虽然只有 10 年的工作经验，却先后在倒闭的 3 家公司里任过职，他曾与同事努力挽救它们，虽然没成功，但知道错误与失败的每一个细节。跟其他人相比，他从别人的错误与失败中学到的经验和教训更多。

你完全可以从别人的"吃一堑"里，长自己的智慧。成功的经验大抵相似，而失败的原因却各有不同，从别人的错误与失败中学到的东西更多、更深刻。别人的成功经历很难成为我们的财富，但别人的失败过程却是最好的警示。不要错过每一个刺激思考、改进自己的机会。

王开岭说过，时间是有利息的。我们今天所有的"清醒"、"洞见"和"正解"，我们的立场和价值观，都是以前人的错误和糊涂为成本，都是享受时间利息的结果。

一个小男孩在院子里搬一块石头，父亲在旁边鼓励："孩子，只要你全力以赴，一定搬得起来！"但是石头太重，最终孩子也没能搬起来。

他告诉父亲："石头太重，我已经用尽全力了！"父亲说："你没有用尽全力。"小男孩不解，父亲微笑着说："因为我在你旁边，你都没有请求我的帮助！"

你看，真正的积极，不是全力以赴、志在必得的积极，而是讲求实效、充满智慧的积极。

如果懂得借力，如果你足够勇敢，你其实不必历尽沧桑。不论电影还是故事，都可以让你在别人经历的黑暗中，感受一遍生活的皮开肉绽，并从别人的苦痛中悟出成长的道理。它可以帮助你指认高处的光、远处的爱和深处的智慧；可以凝聚别人的力量，为己所用；借鉴别人的长处，补己之短；运用别人的智慧，远己所见。所以别怕，你不是一个人在单枪匹马。

人生太短，可许多道理我们明白得太晚。黑格尔说，"历史给人的唯一教训，就是人们从未在历史中吸取过任何教训"。

如果命运不可思议

"命运有时候真的很乱来",这句话用在这个故事里很合适。

一种生活在深海中的鱼,一出生体内就没有鱼鳔。这与生俱来的致命缺陷把它逼入绝境:只要停止游动,就会死亡。这就意味着,终其一生,它都不能有片刻歇息,必须永不停息地在水中游弋。面对时刻嗅到的死亡气息,必须迎接最艰苦的斗争,竭尽全力,不分昼夜,永不停息,战斗到底——这就是鲨鱼。它并非生来强大,因为别无选择,因为这致命的创伤,练就了鲨鱼强健的体魄和非凡的战斗力。

正如 2014 年世界杯的广告语所说:"All in or nothing(要么赢,要么零)。"所谓万丈深渊,下去,也是前程万里。

机会往往伪装成困难,不怕的人,才能从困境中找到出路。就像故事里的鲨鱼,一开始谁也说不清那致命的弱点究竟是造物主的疏忽还是别有深意。其实,到了悬崖"勒马"或"不勒马"都无路可走的时候,反倒那个"不勒马"的除了四仰八叉、摔成八瓣,还有另一种可能,凭着惯性越过悬崖,就是重生,就是一个新的一马平川。所以,"未来"没有来临之前,怎么知道现在所谓"困境"不是一件好事呢？当命运不可思议的时候，不要去远方写诗。请起立，开怀大笑，然后亲自来拆穿这把戏。

蒙田说："就像火在遇到寒冷时会烧得更旺一样，我们的意志在遇到阻碍时会磨炼得更加坚强。"

所以，不要小看自己在困境中迸发的力量。有些事情，你做不到，不是你不能，而是因为你不知道你能。面对生命中巨大的坎坷，要么赢，要么零，明知闪转腾挪都无用处，不如迎着刀锋直面糟糕。不要望而生畏，不要画饼充饥，你要行动，要做事，要追求改变。要赶路，要披星戴月，风雨兼程。这个世界虽然残酷，但只要你愿意走，总有出路。

世上唯一扛得住命运巨大折磨的，是你对待人生的态度。爱比克泰德说，"人不是被事情本身所困扰，而是被其对事情的看法所困扰"。生活中经常看到，同一种境地，有的人被困在原地，寸步难行。有的人却能用智慧创造出抗体，去抑制逆境带来的瘟疫。这个世界到底什么样子，与这个世界无关，而与你愿意把它制造成什么样子有关。

真正的强大，不是去征服什么，而是能够承受什么。"没有鱼鳔"会让一些人一蹶不振，另一些人却选择勇敢、坚强、乐观和积极。不要逃避让你痛苦的事情，而要研究它，挑战它。永不停止向前，再大的困难也会让步。

曾经，泰戈尔说："谁如命运似的催着我向前走呢？那是我自己，在身背后大跨步走着。"

蒋方舟说过一段话："我对社会的残酷，没有怨言，只有好奇。我想沿着'残酷'，去寻找它的苦难，寻找它的父辈，它粗大的根系。我要溯流而上，期待憧憬着巨大苦难之源如世间最壮丽之景扑面而来。你敢吗？你来吗？"

生活糟糕起来，没有谁比谁更容易。当命运不可思议的时候，你敢不敢给自己找定一个不易对付的挑战，充满力量，一意孤行，孤军奋战，另辟蹊径，且将生活一饮而尽。⬛

你看，这惊天动地的美

　　与人类相伴永远的东西没几样，故事肯定是其中之一。来看看下面的故事。

　　这个学期的历史课开课之前，老师从班里选了一半学生，每天课间的时候去他办公室看一样东西。

　　星期四这天，历史课上，老师走进教室的时候，手里捧着一个大玻璃碗。他先把之前选出的一半学生叫上讲台，那群学生对着玻璃碗里的东西发出一阵惊呼、赞叹、惊诧。台下的另一半学生按捺不住，等他们走上来看过之后，却莫名其妙地互相交换着疑惑的眼神：玻璃碗的清水里泡着一棵很不起眼、挺难看的蕨类植物，值得这么大惊小怪吗？

　　等大家安静下来，老师说："这种植物叫'卷柏'。这个星期，我选了一半的学生每天去我办公室观察，从把干枯的卷柏放进清水开始，他们观察到一把枯萎、蔫巴的草，慢慢出现若有若无模模糊糊的绿色，然后叶子一点点展开，直到今天，他们看到了完全舒展的一棵蕨类植物。"

　　老师说："之前看过标本逐渐复生过程的那些同学和只看到标本现在状态的同学，表现出了截然不同的态度。了解这棵植物来历的同学都表现出了赞美和感叹，尽管它很不起眼；而只看到这棵植物目前状态的同学则表现出淡漠和不解。为什么你们的态度会有如此巨大的差异呢？"

教室里一片寂静。老师郑重地提高了声音："因为前面的同学看见了卷柏复生的过程，所以能从一把枯草里看到惊天动地的美。了解了一个事物的来历和发展的脉络，你就懂得了敬畏，就会客观冷静地看待它，而不是只要看见现在不够完美，就去一味苛责、批评。这就是学习历史对现在的意义——培养你看待事物的眼界。"

说真话，在好的故事面前，谁还好意思掩饰激动？

一把枯草，一种从未有过的惊动。习惯了拘泥眼前的所谓"真实"，谁能说自己不是个人偏见的俘虏？问题是我们可能从来没有想过要回到初衷，不想知道事物的起点在哪里？不清楚在更大的坐标系里，它处在哪一个位置上？只有尝试把一个历史人物或现象真正"送"回去，送回到当时的政治空间和生存环境，去定位和认识，去判断和思考，自己的批判和责备才有意义，你才能拥有比较成熟的、参考系比较广阔的眼光。

社会心理学家认为，我们的眼睛决定世界的样貌，每个人睁开眼睛就可以看到世界，可是每个人解读的世界却大不相同，真相因人而异。

当我们被自己的偏见所俘虏，受困在自身的成见和局限中的时候，是不是可以试着去寻找现象背后一点一滴的线索以及辗转曲折、千丝万缕的来历。我们不可能知道前人走过的路，但是对于过去的路有所认识，至少是一个追求。

这个故事是儿子的课程交流实录，整理后被《青年文摘》（校园版）、《文苑》等刊物转载。👼

我是不气馁的春丽

春丽，是一匹赛马。

在它的赛场生涯中，从来没有赢过。

它在自己的一生中，创下113场连败不胜的纪录。在它迎来第100场连败的时候，当地电视台作了专题报道，使它在一夜之间家喻户晓。

所有看见它的人都会热泪盈眶，内心受到强烈震撼。

这匹从来没有赢过的马，每次出场都精神抖擞，尽自己的全力奔跑，从不灰心懈怠。它奋力奔跑的样子，让每个普通人看到了自己在生活中挣扎、努力的影子。

很多人专程来看它比赛，明知道它赢不了，还大把买它的马票。许多人给它写信，寄来苹果、胡萝卜，甚至捐赠财物。一些人在写给春丽的信中，诉说自己的种种不幸，说自己早已失去了对生活的信心，但是，春丽在失败中全力奔跑的样子让他们在瞬间找回了生活的勇气。

弱者的眼泪不值得同情，不懈的奋斗者却能赢来欣赏、鼓励和崇拜。只要奋斗，就值得尊敬，结果并不重要。

当春丽参加第106场比赛的时候，在公众的呼吁下，为它搭配了最优秀的骑师，但春丽在11匹马中，只跑了第10名。按说，这个结果会让关心它的人失望透顶，但人们却继续为它呐喊加油。你能想象全场为它高唱《春丽之歌》的情景吗？"今天还是最后一名，还是不行啊，我是不气馁的春丽，一心一意朝着自己的道路坚定不移地前进。还要继续努力的春丽，梦想的终点一定会到来。"

也许我们绝大多数人即使付出全部努力，也只能像春丽一样，在挫折和失败中度过自己的一生。你我都别无选择，人活着就是为了含辛茹苦，但是在失败者的身上，却让我们找到激发自己昂扬向上的力量。真正成功的人生，不在于成就的大小，而在于你是否努力地去实现自我，喊出自己的声音，走出属于自己的道路。

正如俾斯麦所说，对于不屈不挠的人来说，没有失败这回事。生命从不以成功证明它的价值，而以美、以抗争、以骄傲，自证其存在。113 场连败无胜的春丽，一如西西弗斯，哪怕置身于荒诞的命运，仍然可以在失败的战役中向自己的尊严表示敬意。真正的救赎，并不是厮杀后的胜利，而是能在苦难之中找到生的力量和心的安宁。对每个普通的奋斗者来说，西西弗斯的石头，或者春丽的赛场，是挫折失败的源泉，也是重获幸福的踏板。🌀

一个人的沧海桑田

在川陕交界处做野外调查时，每天都要从湍流深涧上的独木桥走过。

那是我一生中最隐秘的恐惧。看着同伴一个一个走向对岸，自己被困在原地，束手无策，孤立无援。依赖被抽离，等待被断绝，不知道如何吞咽和消化掉这必须承担的困难。

绝望，无助。谁又能把谁带出去？

也曾随考察队去冰川高山站。

脚下总有出其不意、纵横交错的冰裂隙，每迈出一步，都要小心提防，战战兢兢，手脚并用向上攀爬。每个人只能独自面对生命的深渊断崖，风声呼啸，自身不能保全。孤绝的考验，艰难的试炼，但最终，必须孤注一掷，临渊迈开一步。

有时候，人所需要的就是一意孤行的勇气。

它让你意识到，你不可能依靠别人——任何人，得到救赎。要么承担，要么突破，最终需要拿出迅疾的勇气。一个人单枪匹马，独自在外面的世界赴汤蹈火，跋涉过深而远的路径，看过天际不可言说的光亮。所有的经历，让我们成为不一样的个体。它让你谦卑，让你心平气和，因为所有别人能带给你的，都是你自给自足后的盈余，真正的行者最后试图面对和驯服的，只是自己的心。

　　生活中有很多不得不独自面对的时刻。作为职场新人，害怕出众，不敢说话，回避矛盾，担心冲突，逃避挑战，恐惧失败……被现实打过许多个耳光，褪去年轻而不自知的张狂。总是被打得七零八落，但总还能在数到"九"之前重新站起来，我们其实比自己想象的更为无情和客观。因为活着的过程，就是存在于困惑、挣扎、突破和提升之中。

　　每个人终会遇到自己的伯乐，但这并不意味着可以互相倚仗，长久凭靠。我们始终只能生活在寂静的孤绝之中，只是大部分人并不自知。人生的大多数修炼，仍是一个人跋山涉水，一个人马不停蹄，一个人千里迢迢。没有人知道你曾路过暗礁险岛，追过落霞孤云，梦到山高水长，隐藏着不为人知的梦想。

　　你要接受真正的无依无靠，你要拿出跃入深渊并在下落过程中长出翅膀的勇气。

　　罗斯福说，我们唯一不得不害怕的就是害怕本身。一种莫名其妙的、丧失理智的、毫无根据的恐惧，它会把转退为进所需的种种努力化为泡影。恐惧才是生活唯一真正的对手，因为只有恐惧才能打败生活。如果你总是风声鹤唳，按兵不动，就无法进步。面对恐惧考验，第一关永远是勇气，它让你只能返回自己的内心，真正地打量它，看清楚自己的"怕"。你才能够不气馁，以全部的专注和勇气，去得到穿越迷途的加倍光明。

一个人只身打马，能力不够的时候，我们都害怕失败，可也无法逃脱试炼。要将失败转化成为重整旗鼓和提升价值的能力，你需要销声匿迹，勤奋修炼。任何事物，在成长的时期都需要蛰伏一段时间，等到了惊蛰，万物复苏，也就可以大干一场了。

云厚者，雨必猛，弓劲者，箭必远。厚厚的云层，千钧的臂力是从哪里来的？有赖于长期的积累，这就是必要的蛰伏。没有蛰伏，也就没有人生的爆发。

有人的地方就会有江湖。这个世界太闹了，安静就显得异常珍贵。你需要沉下心来学习，你知道，万事万物都有它值得探究的秘密，只是你需要真正——我是说真正地投入去打量它，关于这个世界的道理、自然的奥秘、知识的力量以及我们每个人微不足道的生活。虽然，穷其一生，你能够了解的也只是九牛一毛。追求使你充实，当你像大树一样稳稳当当地生长起来，逐渐枝叶繁盛，逐渐海阔天空，得与失，成与败，都是伴奏。

生活中更多的是无法战胜的敌人，比如注定流失的岁月。你得学会回到自己的内心，被生活锤炼过，内心充满历史，路过万籁俱寂，经历过一个人的沧海桑田，最终心定意平。

"竹杖芒鞋轻胜马，谁怕？一蓑烟雨任平生。"世事变迁令我们更为强壮，并复返纯朴。内心的自我肯定，精神上的自给自足，你能真切地感受到那种"岁月峥嵘，心灵淡定"的从容平和。

重回生命最初的样子，混沌却纯真，朴实却珍贵。❀

想要你仔仔细细画个饼给我

女作家简嫃曾经这样戏谑地张望着未来：

散坐于城市中最凌乱的蓬荜，抽莫名其妙的烟，喝冷言热语的酒，我将烟灰弹入你的鞋里，问："欸，你也不说清楚，嫁给你有什么好处？"

你脱鞋，将灰烬敲出，说："一日三顿饭吃，两件花衣裳嘛，一把零用钱让你使。"

我又把烟灰弹进去："那我吃饱了做什么？"

你捏着我的颈子："这样么，你写书我读。再弹一次看看！"

我又把烟灰弹进去。

……

三言两语，描画得很全乎：衣食俱有（一日三顿饭吃，两件花衣裳嘛），工作、生活也有定位（你写书我读），还有生活保障（一把零用钱让你使）。难得的是"那个人"不是庸俗之辈，25个字，把写字人在俗世的生活理想勾勒出来。

人类天性中的强烈好奇，促使我们高高兴兴去为未来的事操劳，尽管解决当下的事已经够让人花费心思了。

顾城说："我想画下未来，我没见过她，也不可能，但知道她很美。"

这个很美的未来，是不是每个人都紧张期待，却又害怕过早泄露谜底。

学期最后一堂课。

老师发给每个孩子一张白纸，让孩子们在上面写下自己"一生的愿望"。

"我要当画家，画好看的画儿，给小朋友看。"

"我长大了要开飞机，装好多好多饼干和糖。"

"我要买一辆拖拉机，它的动静真大，开到街上，人家都回头看。"

"我要当一名裁缝，缝最好看的花裙子……"

……

年少无知，也都曾踮起脚尖，热切地看着一眼望不到边的未来。

有个孩子，花了3天时间，写下了127个目标。

这些目标包括：到尼罗河、亚马孙河和刚果河探险；登上珠穆朗玛峰、乞力马扎罗山和麦特荷思山；骑上大象、骆驼、鸵鸟和野马；探访马可·波罗、亚历山大一世走过的道路；驾驶飞行器起飞降落；读完莎士比亚、柏拉图和亚里士多德的著作；写一本书……

写完后，他给每个目标编号，"这就是我的生命志愿，我要用自己的生命去——完成！"

时间是 1944 年，他 15 岁。

后来呢？

16 岁那年，他和他的父亲到佐治亚州的奥克费诺基大沼泽和佛罗里达州的艾佛格莱兹探险，完成了他的第一个目标。

18 岁的秋天，他踏着漫天落叶离开了自己的家乡。

20 岁的时候，他成为一名空军驾驶员。

在亚马孙河探险时，他几次船毁落水差点儿死去；在刚果河，他几乎葬身鱼腹；在乞力马扎罗山上，他遇到雪崩，甚至被凶猛的雪豹追逐。

将近 60 岁的时候，他已经实现了 127 个目标中的 106 个，他的名字是约翰·戈达德。

那么，你呢？许多年过去了，想问问你还记不记得曾经给自己描画过的未来？

当未来只能描画的时候，你我潦潦草草，谁也没有像约翰那么认真，他仔仔细细地给自己画了一个大饼，并在接下来的 60 年，把这张大饼烙出来。

如果我们当年把自己的愿望写下来，真正为之努力，又会怎么样呢？可惜，说出来或者咽下去，后来就没有后来了。

　　"想赚 1 亿元的人和想赚 100 亿元的人，他们赚钱、花钱的方式肯定不一样；想攻读博士学位的人和一心盼着毕业就踏入社会工作的人，在学习的量和质上是一定会有很大差距的。"美国作家菲尔·麦格劳这样说。

　　这个差距的原因，就在于你是如何规划自己人生的。当你有了规划，人生才不会迷茫。有了人生的规划，我们不仅清楚自己现在所处的位置，更清楚自己下一步所要迈出的方向。

　　那么，可不可以从现在开始列一份"十年计划"，想起来就记下来，大胆想结果，不用 hold 着，人家洛克菲勒从小就想当世界首富呢，如果连想都不敢想，或者心里刚一有更大一点的想法，就怕别人说自己要求得太多，立马不敢想了，这也太压抑自己了，何必呢！自己的人生是自己选择的结果，敞开了想吧，拍电影、写小说、当裁缝、写日记，把你能想到的，都写下来吧。

　　站在十年之后看看，那时的我是谁？我能做什么？做到了什么？我的工作、事业、生活是什么样的状况？有了这个饼，我就可以知道，现在的我需要怎样的努力，才能用这个饼充饥。

在管理学中，"饼"是一个组织的发展战略和每一个成员的发展目标。画好饼，组织和成员就有了前进的方向和动力。

人生也是如此。

我想要你仔仔细细画个饼给我。🐈

第三辑

一个人，不要怕

我们比自己想象的更勇敢，
世界比它自己表现得更可爱。

一个人，不可能什么都懂

一个名叫约根的小男孩非常苦恼，因为他发现有好多事情，别的大孩子都知道，而他却还不明白。

"一个人，不可能什么都懂。"母亲有一天对他说，"每个人，他的一生要学的东西有很多，如果一个人7岁的时候什么都懂，这也并不是什么好事。"

"一个人，不可能什么都懂。"我喜欢这位母亲的话。不懂本身没有错，而如果认为不懂是因为自己比别人笨，从而自卑自弃就错了。也许，有人会对你说些他们懂而你却不懂的事情，可有些你懂的事，他们却不知道。

牡丹有国色天香之容，却没有迷人的香气；葵花能结出饱满的果实，但不能用来装点花园；苍耳能在戈壁上生长，可叶早已退化成尖刺⋯⋯

世界本身就充满了缺憾，可以追求完美，但不要苛求。每个人的喜好、能力，千差万别，发现你自己擅长的事，然后尽力去做。用有限的热量同时烧100壶水或者只烧1壶水，前者可能哪个也不热，但后者迟早会发出声响。

一心想走入日常生活不甘寂寞的玫瑰，经过上帝之手变成了卷心菜；盼望在花园里争得一席之地的麦穗，成了杂草之间的狗尾；偶尔飞出花园去招摇的蝴蝶，变成了妖艳的罂粟。苛求达到别人的高度，想要介入别人的美丽，失去了自己独有的特质，结果往往事与愿违。

没有依附，爬山虎就无法攀缘上升；没有养分，庄稼就无法结出饱满的籽粒；没有劲风，船就不能扬帆远航；没有引力，地球就不会有壮观的潮汐。

承认别人的重要，不要夸大自己的能力，许多科学上的成果是集体努力的结晶。别人懂得你不知道的事情，合作就更有必要。

一个人的成功，不在于他拥有得多，而在于他挥霍得少。与其把聪明才智浪费在那些我们不懂也不感兴趣的事情上，不如实实在在烧热一壶水，即使水壶不大，也会到达另一种境界——沸腾。⚋

【原载 2006 年 4 月《辽宁青年》B 版；《支部生活》2006 年第 6 期转载】

喜欢得没法说

有些事情，喜欢得没法说，我还是想试着说一说。

有一个故事。

洋葱、萝卜和西红柿，不相信世界上有南瓜这种东西，它们认为这是一种空想。

南瓜不说话，

默默地成长着。

完了。

哎，喜欢。

喜欢这种不争辩的态度，喜欢像南瓜一样，默默地做自己眼中的自己。

有一首诗。

……

你一定要走吗？

可不可以休息一下？

像我一样，偶尔睡个懒觉，偶尔发呆，偶尔出错，偶尔闹闹情绪，偶尔耍赖……

你一定要坚定严格地向前走吗？

弄得大家都筋疲力尽地老了！

……

开始读，好像是在说感情上的事。读完，发现写的是钟表。

于是欢喜地会心一笑。

有一段音乐。

一听，喧嚣的潮声就会从耳边退去，于是，风停了，浪远了，整个人会变得很安静。

不由分说地喜欢。

有一座山。

没有几个人能真正到达它面前，它就一声不响地盘踞在热爱它的人心头。

喜欢那种一想起来就在心里一直等着你的感觉。

有一幅图。

看见它，就油然而生一种久远的思念，但你不能确知自己究竟在思念些什么。

喜欢那种有些伤感、有些怀念的感觉。

对有些事物的爱，说不出理由，就像火热水沸，木暖烟生。

有些事情，喜欢得没法说。不知道，我是不是说出了一些喜欢…… 🌸

我醒着，醒在漆黑的夜里

此刻，寒风凄厉地刮过，在窗户和门上弄出响动。远处，火车的汽笛声隐约地响过。

我不是很明白，为什么特别是现在，惊惶的感觉会不可名状地涌上来。

我知道，四周还有我的至亲，知道他们爱我，可我仍有说不出的不安。

我知道，是要送别，我在无边的恐惧中等待着别离……

在记忆中的夜晚，我走过殡仪馆的长廊，两边亮灯的房间里，是一些安静的灵魂，我在寻找中看见了最符合你性格的标示：6号——翠柏。咽下泪水，最后一次握住你的手，为你整理衣服……

追悼会开始了，你躺在花丛之中，咫尺之间，已经是阴阳永隔。我拼命忍住泪水，透过泪眼凝视大屏幕上的你，我要记住你最后的面容……

"爸"，当我一次次在心里喊着这个称呼的时候，当我发现它已经永远成为一个无人应答的称呼的时候，我的心又一次流泪了……

这是一段灰色的日子，我忽然失去了生活的目标。

从小到大，我一直努力，而这努力多半是为了让爸爸为女儿骄傲。就像在舞台上表演，不自觉地去寻找发出喝彩的方向。

依旧是卖力的表演，却忽然发现，最响亮的喝彩没有了，最开心的笑容消失了……

你走了，我却无时无刻感觉到你的存在。

我会在心里跟你说话，在无人的时候，轻轻地告诉自己，我很想你。

我怕走过医院的门口……

我怕走进医院的长廊……

以前，每次经过，是急切地想去见你。

以前，每次路过，知道你在等我到来。

爸，一直想你。

你走后，我哭了很多次，如果你泉下有知，一定会责备我。我希望自己写出这些文字的时候，我比原来又坚强了一分。

爸，天冷了，好好照顾自己。❀

写于父亲"七七祭日"

106

我灵魂的四周，天正黑下来

　　常常控制不住地抱回一堆一堆的书。这样做的结果，就是每隔一段时间就得硬着头皮，把一堆一堆的杂志、一摞一摞的书，翻拣、分类，摞得高高的。有时忽然想起读过的某一精彩片段，或者因为和友人谈起某一本书，便又爬高上低，寻寻觅觅，上下求索。

　　书是我最忠实的朋友。沉默的，常常是不事张扬，低调的欢喜。有时，又是侃侃而谈，试着说服的劝慰……有时，我不同意它的观点，常会打断阅读，掩卷四顾。有时，我会心悦诚服，感叹如此高人写出如此妙句。我喜欢在书里安顿自己。

　　父亲走后，我一直不能释怀。找一切相关的书读，冯友兰的"天地鬼神论"，一行禅师的"你可以不怕死""活得安详"以及"生命的重建""心灵改变基因"……

　　书挽救了我。我开始试着理解、接受，试着与自己和解。正如《问题之书》所言，每当"我灵魂的四周，天正黑下来"，我就会叩问：

　　"我能进来吗？天已经黑了。我能进来吗？我灵魂的四周，天正黑下来……"　⚑

这是你应有的悲痛

"亲爱的人死亡，是你永不能补偿的悲痛。这没有哲学能安慰你，也不必要哲学来安慰你。因为这是你应有的悲痛。"

许多年后，我读到唐君毅的这段话，豁然有所领悟。这是你应有的悲痛啊，是你分内的应有之义，涕泗横流、声嘶力竭，无非透露着你的怯懦、害怕、对抗和不担当，不愿或不敢面对被抛弃的现实。有些事情是一定要发生的，我们无法阻止。芸芸众生无一不是在孤绝中，面对生与死的惊涛骇浪。种种苦涩滋味、仓皇心境，皆无可语告，谁又能够给谁安慰？

如先生所言，这悲痛之最深处，不只是你在茫茫宇宙间，再也无处寻觅他的音容，而是你对他有无穷的负疚之心，你会不断翻检过往记忆中一切你不周到的细微之处，悔恨自责你所给予的不够多，不够好，不够更好。

痛过，哭过，忽然觉得有所期盼是一件多么幸福的事。有一个可盼的人，一处可盼的地方，一颗心，因之喜悦、饱满、明朗、笃实。

要懂得保持敬畏之心，对阳光，对美，对痛楚。🔘

孤独面对 素颜修行

曾经，自以为有过同龄人的不以为意，抑或刻意回避的生死考量，甚至写过《死亡态度》这样的文章。但是，真正使我开始"生死大问"的，却是父亲的离去。

那种突然陷入黑暗的恐慌，那种痛彻心扉的决绝，那种脆弱的断裂，那种最神秘的破碎……

独自醒在漆黑的夜里，一个人。

用一种好像懂了什么的"懂"，放手。让那个渐行渐远的背影，远去……

看过冯友兰的"鬼神与信仰"一说。

大师说，儒家从情感上立论，特别强调丧祭之礼，可在理智上不相信鬼神的存在。

也就是说，儒家从情感立场来对待丧祭之礼，是一种诗的态度，而不是宗教。

也就是说，对那个世界的种种揣测，实际上是我们宣泄情感的需要……

读着弘一法师的《无常经》：

有三种法，于诸世间，是"不可爱"，是"不光泽"，是"不可念"，是"不称意"，何者为三，谓"老、病、死"。

也许，人从一生下来，就已经定义了生命的本质意义，而只有在人生的旅途中，慢慢地，慢慢地才明白"懂得珍惜，学会放手"。

　　山河仍在，春天依旧。那一树一树的繁花，又是哪一季的轮回呢？

　　问自己，然后，孤独面对那无边无际、无着无落的迷茫，继续在尘世间，素颜修行…… 篇

从此，我就要独自摸黑上路了

但愿你永远也不知道，一颗心被生离死别的痛苦蹂躏，是什么样的情形。但愿天下人永远不要懂得，肝肠寸断的泪水是什么滋味……

父亲走了。

从此，我就是没有父亲的孩子了。

一想到这里，我的眼泪汹涌地流了下来。

一个人，怎么可以没有父亲呢！

在风雨飘摇的人生路上，父亲是一盏灯，一直伴着我安心地赶路。

现在，灯熄了。

四周一片黑暗，从此，我就要摸黑上路了。

无论走到哪里，再也没有父亲叮嘱的电话；回家晚了，再也没有父亲焦急的等候。

父亲在病重的时候说过："舍不得离开这个家，舍不得孩子们。"

可是现在，父亲走了。在我守在病床边细数他呼吸的时候，静静地走了。

爸，你一定听见了我的哭喊：

"你不要我了，你不要你最心疼的孩子了吗？"

遥望天堂

爸离开了。

从一个世界走向另一个世界。

我不知道，要以怎样的方式和努力，爸才不会在另一个世界感到寒冷和孤单……

我努力去想，爸去的那个世界会是什么样？

阳光是不是像此刻我桌前的这一抹那么安谧？花草、树木是不是像窗外的一样真实？

是不是一样有旭日东升，有灿烂白昼，有荏苒的光阴？

是不是一样有春暖花开，斜风细雨？

是不是有新燕啄泥，柳絮飘飞？

而爸呢，是不是像爸一样，活得那么安详？

如果你能让怀念变成墓园里掠过头顶的鸟鸣，风吹过树梢的声音，空中逍遥的纸鸢，那么，最爱你的人将一直存在。

他或许是你必经之路上的一朵小花，飘浮在你窗外的一朵白云，夜晚屋檐下淅沥的雨声。但是，你要非常留心才能辨认出他，体会他无言的注目和问候…… ▩

死亡态度

第一种：最震撼——忍着不死。

奔逃的人群中，有一位怀抱婴儿的母亲。突然，远处传来机枪扫射的声音，一些人倒在地……在倒下去的众人中，这位母亲倒得最慢，她紧紧地搂着孩子，慢慢蹲着，倒了下去……

在这段越战录影面前，许多人泪流满面。

忍着不死，震撼了所有有良知的人。

第二种：最理智——不怕死，不找死。

有一位士兵，在枪林弹雨的战场上以勇敢著称，受过三次重伤，可谓九死一生。

有人问他，你真的不怕死吗？他沉默了许久，说："我一直渴望活着。"也许正是这种对生的渴望，帮助他穿过了硝烟……

第三种：最豁达——不着急去死。

有位著名作家，经历了人生的种种苦难，在轮椅上写出了《想念地坛》等感动无数人的文章。一次次病危通知，一次次与死神擦肩而过。

他说："死亡，是件无须着急的事，又不是买东西加塞儿，早去了多一份，晚去了少一份？死对于每个人是一人一份。无论你如何拖延，也不会错过……"

第四种：最简单——害怕死不起。

有一位老人，严寒酷暑坚持锻炼。问起他的心得，他说："我怕死不起，我只想少点病痛，平安地老去……"

第五种：最崇高——忙着死亡。

俄国生理学家、心理学家、高级神经活动学说的创始人、诺贝尔奖获得者巴甫洛夫濒临死亡时，关注的仍然是一生挚爱的科学事业。

他不断地向坐在身边的助手口授生命衰变时自己的种种感觉，希望为挚爱的生理学留下宝贵的第一手资料。

这时，有人敲门，想进来探望他。巴甫洛夫拒绝说："巴甫洛夫很忙……巴甫洛夫正在死亡。"

第六种：最从容——死不了，就试试活下去。

1948 年，医生发现爱因斯坦的腹腔里长了个柚子大小的动脉瘤，随时都会爆裂。"那就让它裂吧。"面对死亡，爱因斯坦非常平静地说，"还是抓紧时间工作吧。"

爱因斯坦在生命的最后阶段，拒绝一切外科手术。他说："我想走的时候就会走，人为地延长生命是无谓的。我已经做了我所应该做的。该走的时候，请让我平静而体面地离去。"

1955 年 4 月 18 日，爱因斯坦因"大动脉瘤破裂"逝世，享年 76 岁。

第七种：最无私——不明不白不死。

在辽宁中医药大学，陈列着国内首例电动针灸经络人体标本。在标本旁边的标牌上，写着这样一段话："这位受人尊敬的'无语大师'因肺部患有肿瘤，医治无效于 2004 年 4 月去世，终年 73 岁。为使医疗研究人员彻底弄清此种疾病的成因，老人决定去世后将遗体捐献给医疗事业，用于医学研究……"

第八种：最坦诚——爱死，笑死，美死。

罗马尼亚有一个类似公园大门的建筑，上面赫然写着：THE MERRY CEMETERY（欢乐墓园）。这里每天吸引许多人驻足，有成年人，也有孩子。他们一边读着那些诙谐幽默的墓志铭，一边发出惊天动地的笑声。

一位船员的墓碑上写着："亲爱的，我再也不用远航了！躺在你身边真幸福，比睡在甲板上舒服多了。就算现在我的卧室和你的睡房还要隔着一堵墙。"

一个墓碑上放着一张婴儿的照片，照片上的孩子长得漂亮极了。婴儿的父母在墓碑上写道："我们的孩子来到这世上，四处看了看，不太满意，所以就回去了。"

一位拳击手的墓碑上写着："不管数多少点数，我反正不起来了。"

　　一位母亲为其14岁的"打工仔"儿子写的是:"收工!"

　　天堂里的人们,一定听得见这里传出的开怀大笑……

　　是啊,人生的最后一项工作完成了,那就收工吧。掸掸身上的灰尘,吹着口哨——回家。⬤

请给"时间"一点时间

春分谷雨，秋分白露，潮水涨落，斗转星移，时间一寸一寸地走过。父亲走后，我忽然对节气格外留心，初春的草芽、夏夜的虫鸣、深秋的寒露、冬日的阳光……

我在仔细体味季节更迭的同时，慢慢地明白，父亲虽然再也不会出现在我的生活中，但他会永远停留在我心里。

人海茫茫。原来，挚爱的亲人就此失散了。

过去，有大把时间和机会可以挥霍。我们一起去壶口看瀑布，去张家口坝上看三北防护林，去太行山深处的小山村寻觅一段历史……

2005年春，我们回到父亲小时候生活过的村子，在老屋外边徘徊张望。

……

当太阳落下又升起来的时候，一切都变了。一不小心，就再也回不去了。

三年的时间，从最初的不相信、不肯相信，到如今我发现再也不会失去你了。因为你一直都在我的心里，我会一直感觉到你的存在，感觉到你给予我的勇敢和希望。

前几天，翻看父亲走后我写下的博文，我以为我已经像父亲希望的那样足够坚强。可读着读着，还是忍不住泪流满面。我知道何时止步，何时放手，可是我知道，并不代表我能够做到……

时间几乎会愈合所有的伤口，如果你的伤口还没有愈合，请给"时间"一点时间。🔳

写于父亲三周年忌日

从何说起

无关的话，说得太多。想说的话，无从说起。

整个午后，在初春的阳光透过宽大的玻璃窗下，读一本集死亡、苦痛、温暖、困顿、冲突和人性暗涌的书。

就像独自支撑，摸索前行，穿越迷途，经历黑暗去瞭望道路尽头光亮的深长。

人自身对苦痛有所承担和了解之后，才能真正理解并反省这光亮的意味。就好像一个不习惯走夜路的人，明明已经计划好了行程，却突然坚持用两天时间走完三天的路程。结果，走着走着，天突然黑了下来。

那些年，我一直是个埋头赶路的人。在所谓事业中像陀螺一样工作，根本停不下来。

父亲每次生病，总会奇迹般地好起来。所以，想当然地以为会一直幸运。

注定了被命运迎头相撞，无法回避，无法麻木。

那时，所有的感觉，就是一个人，独自醒着，醒在漆黑的夜里。

无关的话，说得太多。想说的话，无从说起。

这些年，读书，发呆，做着常人看来毫无用处的事情。

只有自己心里渐渐有一份明白。

午后，乌云急速翻滚的天空中，雷声隆隆伴着暴雨敲击屋顶的声响，排山倒海。凝望窗边，白茫茫雨露，无所归宿。此刻种种，世间超离现实。

瞬间，风止浪息，云团飘远。天空放晴，阳光重新夺人眼目。

我珍惜，此刻的感受，带着敬畏和持重。

人世间，每个人都有自己的担当。🌑

一个人，不要怕

在我对死亡还没有切身体会的时候，曾经写过一篇《死亡态度》的文章。文章中，列举了种种对待死亡的态度。

那时候，我以为自己对死亡已有足够的认知。

可是，真正经历了父亲的离去，我突然发现自己对死亡并没有真正了解。有很长一段时间，我甚至不能接受这个事实。

我问自己，既然不相信永远，为什么又不能接受分离？

在挣扎中，一度很相信"鬼神"……

那缭绕的轻烟，那忽闪的火苗，似乎都别有深意。

直到有一天，读了冯友兰的"鬼神与信仰论"。

大师说，儒家从情感上立论，特别强调丧祭之礼，可在理智上不相信鬼神的存在。

也就是说，儒家从情感立场来对待丧祭之礼，是一种诗的态度，而不是宗教。

对那个世界的种种揣测，实际上是我们宣泄情感的需要，是对情感的滋润与抚慰。

……

忽然就理解了鬼神论。诗的态度，给予我们情感的满足，也促进理智的进步。🀄

把心哭碎

那些一去不复返的岁月，带走多少我们的至爱？留下许多隐秘的疼痛，就让心中那些堆积的疲倦与心事，悄悄地化作泉涌的热泪吧！

我们不会为一朵花的凋谢而流泪，也不会为一滴蒸发的夜露而叹息，因为我们知道它们是无常的。可是，当与亲情牵绊的家人永别，与你执手相看的至爱离去，与你情同手足的朋友告别……我们却久久走不出痛苦的阴影。

常常在恍惚中，把人流中一个蹒跚的背影当成自己的母亲。夜半梦醒，听着窗外呼啸的北风，在一阵心跳中忆起，想握住那个名字取暖，却早已让泪水打湿枕畔。偶尔在城市上空回旋的鸽哨，又让我们在顿足茫然间，想起了那位爱吹口哨的故友……

在雨中，在茫茫的星空下，我们拼命地寻找……

那长空中孤独的一声鹤鸣，秋风里掠过的一片黄叶，草丛中惊起的长尾鸟，水面上一如昨日的涟漪，你无处不在的痕迹，使我们在痛苦中难以自拔。

想一想，成年以后，我们虽然不能再像儿时一样随心所欲地号啕顿足，可是谁没有过哽咽无声或热泪横流的经历呢？

有谁不是告诫自己："别哭，想哭也不要哭。"想笑笑，却不知怎么湿了脸？甚至，我们忍住了脸上的眼泪，心中却早已泪如泉涌。

其实，我们怎能怪世事无常？是我们自己错以为拥有的一切会永远伴随我们，一直，一直走下去。一旦生活发生变故，我们就措手不及。

想想，人生中有那么多误解、委屈、纷争与困扰；那么多担心、忧虑、诱惑和陷阱；那么多虚荣、浮华、声色犬马；那么多无可奈何和出人意料；那么多来不及的开始和匆忙的结束。

多少璀璨的人生能逃离平庸与世俗？多少飞扬的青春躲得过岁月的磨蚀？

所以，我们在用责任和良心、宽容与理解打点好自己的工作，看护好自己的亲人与家庭的同时，还会为世间的无常、誓言的软弱、承诺的虚无、情感的易变、人性的自私而绝望吗？

想想，在经历了许多年的风风雨雨之后，我们能保证自己的思想和情感丝毫不发生改变？我们能预料多少年后回首往事，仍有相同的心境？我们自己尚且在随着时间、环境、世事而变化，又如何苛求别的事情会永恒？

何况，如果不变，我们如何能淡忘悲伤痛苦而重新开始？如果不变，我们的孩子怎能一天天长大成人？如果不变，我们怎能弥补过失，寄希望于明天？如果不变，我们的努力、奋斗、奔忙还有什么意义？

面对无常，我们需要眼泪，需要痛哭，需要彻心彻肺的一场痛悟。让我们把心哭碎吧，把心哭碎，从此更珍惜现在所拥有的一切。 🌀

如果你必须哭

如果你必须哭，就让泪水汹涌而出吧。我知道太多的时候你悄悄忍住了脸上的眼泪，心中却早已泪如泉涌。

生离死别，你终究要独自面对。绝望、悲伤、无助和心碎，没有人能够代替。

但是，你可能没有想过，如果最爱你的人永远离去，他是否愿意身后是你滂沱的泪雨和蹒跚的脚步？你是否知道，那些将要离开的人最多的不舍和无奈、最让他们放不下的牵挂，是老幼将面临的无助和亲朋承受的痛苦？如果你能让怀念变成墓园里掠过头顶的鸟鸣，风吹过树梢的声音，空中逍遥的纸鸢，那么最爱你的人将一直存在。他或许是你必经之路上的一朵小花，飘浮在你窗外的一朵白云，夜晚屋檐下淅沥的雨声。但你要非常留心才能辨认出他，体会他无言的注目和问候。

如果你知道也许这是最后一次和家人围炉夜话，最后一次相伴在屋檐下躲雨，最后一次听新年的钟声响起，最后一次挥挥手说"再会"……你一定会紧握那一刻的温馨，尽力表达你无言的祝福和温情，展现你的笑颜。

我们不能决定生命的长度，但可以把握对待生活的态度。我们无力改变命运的结局，但可以微笑着谢幕离去。

如果你必须哭，我就在你的近旁。我会紧紧握住你的手，一起笑一笑，然后，和你一起湿了脸……

（原载 2008 年 5 月 11 日西班牙《欧华报》）

全世界都睡了

  全世界都睡了，没有人知道我在流泪。今夜，在暴风雨来临前的黑暗里，我和我自己，同坐在心灵的孤独中。

  全世界都睡了，没有人知道我要写信。桌上有你留下的纸笔，只有我知道你走得彻底。从此，我的生活里再不会有你的只言片语。有许多话要说，想告诉你的却只是：你走了。这事你早已知道，但不知道你走了，我比谁都穷了。

  全世界都睡了，没有人在乎我想什么。我只想着在心中千万遍呼唤过的你的名字，却忽然忘记了我自己的。就像有一次午夜梦回，我梦见你我互不相识，明明知道那个人是你，不知为什么我不是你的知己？

  全世界都睡了，我借着你留下的一个名字，走在风雨飘摇的路上。🏮

想笑笑，不知怎么却湿了脸

母亲节那天，老师要求每个学生给自己的妈妈写封信。第二天，她在作文本里读到了刚刚失去母亲的 7 岁小男孩豆豆的一段话：

妈妈，

我想你。

我喜欢你牵我去花园玩。

我爱画你，

我把你的耳朵画得大大的。

这样，你就能听到我给你说的悄悄话。

你是不是听见我哭了？

妈妈，我哭得很厉害。

大人们不让我哭。

妈妈，我快记不清你的样子了，我使劲想你。

妈妈，我又哭了。

你去了哪里？能不能回来一次？

你能不能牵着我的手，放学后过一次马路？就一次，好不好？

那天放学后，老师牵着豆豆的手，一直把他送过了学校门前的那条马路。豆豆笑了，"老师，你的手真暖和，和妈妈的手一样。"

牵挂

三年前父亲离开了。

第一次经历至亲的生离死别，愚钝的我开始求索生死大问。

一生中从未有过的破碎、灭绝的深痛纠结，曾经让我心灰意懒。

我不敢说破的是，每次我急切地要去墓地看望父亲，每次在青烟缭绕中说些想告诉他的话，每次踯躅着离开，我总会感觉父亲并不在那冰冷的地方。

父亲爱花。我总会在花开的时候，想起他。

父亲爱读书。想他的时候，眼前总是他戴着老花镜，在午后的阳光下读书看报的样子。

父亲关心儿孙。当一家人假日团聚，孩子们笑闹一团时，总会想父亲该是宽慰的吧！

父亲喜欢整洁。每次大扫除，总会想起孩子还小的时候，每天早上狼狈不堪地冲出家门上班，回家发现丢在水池中来不及洗的锅碗、没工夫收拾的垃圾，早已被父亲收拾干净。

父亲勤快。每次想偷懒的时候，会很惭愧地想到父亲。

父亲眼光长远。他从不觉得女孩子不值得期待，在努力成就事业中，我从未觉得自己的性别会成为借口和障碍。

父亲追求完美，亦注重细节。父亲患病的 20 年间，总是一丝不苟地把自己收拾得整洁、得体。

　　我越来越多地发现，我不可救药地遗传了父亲的许多习惯。

　　我相信，父亲不在那里。他在所有他曾喜欢和热爱的事物中，在我永远的记忆里……

　　他是空中吹过的一缕轻风，是雪中闪耀的一块宝石，是阳光下成熟的稻谷，是秋天里的雨露，是忽然间飞起的灯芯草，被盘旋的鸟儿带到空中，是银河中那颗最闪亮的星星…… ⊛

第 四 辑

那些喝西北风的日子

回忆是一碗热汤，思念那么滚烫。

一直不敢梦见的地方

是个下过雨的早晨，空气中弥漫着混合花草气味的湿气。我赤着脚，走在湿漉漉的草地上，菟丝草缠绕在腿上，不停牵绊我的脚步，使我无法走快。

一群小蜜蜂嗡嗡地飞过来，我挡了它们的路。蜂群分散开来，又团团把我围住。一只胆大的小蜜蜂甚至在我胳膊上停下来，不满地挠了两下。

走进深深的蒿草，风马上跟了过来，草丛一浪一浪摇晃起来。起伏的浪不停地向我涌来，我开始觉得晕眩。

草叶上的水珠跌落成更小的水滴，打湿了我的双脚。我不停地拨开蒿草，可它们很快在我的身后合上，我找不到来时的那条路了……

我知道，只要沿着小路穿过蒿草，就可以走到屋后。现在，那条小路藏在草丛深处不肯露面，怪我的记忆把它弄丢了。

我踯躅在草丛中很久，听见一种细微的声音，像风逼近窗棂，像木柴在旺火中噼啪，像燕子在梁间轻轻呢喃……

我用惺忪的睡眼四处张望。门前的葡萄架已经倒了，泥炉裂开了，杂草涌进了院子。窗棂上的油漆已经褪尽，残留的破窗纸在风中呼啦啦响着。门上的合页松了，门板斜向一边。鸟雀在屋里屋外旁若无人地飞来飞去，它们不认识我是谁。但我可以听出，它们的唧啾声带着和我一样的乡音……

6月8日，我在日记中写道："23年后，重回出生的地方，在梦里……" 🖋

讲给谁听

假如日子能重回山中，让溪水奔流，小鸟啁啾，让满山的衰草再绿，让年华再如玉……

假如时光能重回过去，让你我执手，郑重期许，让岁月的潮声退去，让你我再相遇……

经常希望从世俗的生活中抽出身来，在浓浓夜幕下，我们该有多少话想说？

我想告诉你，戈壁上的沙枣树怎样绽开细小、清香的花朵，怎样长出圆润的果实。是谁把它一直留在枝头等待秋霜的早晨，又是谁在风雪中迫不及待地摘下这美味的冰激凌！

我还想告诉你，窗外的篱笆上怎样爬满了豆角蔓子，荒地上的玉米怎样长出淡黄的缨子。第一场秋霜怎样挂上屋顶，泥炉上水壶里冒着的白气怎样让我们忘记了漫天风雪……

那些停留在心中的日子，那些一去不返的想念，讲给谁听呢？

(原载 2000 年 5 月 24 日《河北经济日报》)

往事

　　风轻轻地吹着，带着山那边繁花的气息和正在淅沥的秋雨湿气。吹过田野，吹过树林，吹到窗子上，轻轻的，好像凡人的叹息。倾听窗外檐下细雨的滴沥，不禁让人想起夏夜漫漫风掠树梢的声音。

　　窗前默坐着，忆念杳如黄鹤的三二知己，已经走失的竹马之交，远在他乡的手足，甚或，宿草新坟里早逝的故友。想起以往尝尽的辛酸和种种坎坷，泪眼里模糊着龙钟父亲蹒跚的步履和儿时母亲在油灯下忙碌的身影。隔着岁月的风烟，缅想飞逝的时光会如何改变梦中的故园——苍茫的暮色中蒲苇起伏的河湾，散发着潮湿气味的土屋和屋后蒿草中深深的小路……

　　缅想冬天的雪野里轻快的爬犁，缅想春日的阳光下慢慢消融的冰河。缅想童年时坐在小小的矮凳上，看着白色的窗户纸渐渐暗起来，泥炉里的炭火渐渐红起来，炉子上煮山药或土豆的气味儿随着白色的蒸气弥漫整个小屋。

　　缅想夏风习习的夜晚，在金黄的草垛上，仰望繁星点点的夜空，在满脑子飞翔的愿望和不切实际的幻想中睡去。

　　在想象中，我不断地回到过去……

　　河湾旁正午的田野上，蹁跹的蝴蝶，起舞的蜻蜓，恍然中一切如昨日一般，流逝的岁月并不曾带走什么。

风依旧，水面的涟漪依旧，树丛中蝉声依旧，塘里野鸭悠闲地浮游。一切都如从前一样，并无岁月的阻隔，在岁月的河岸边，逝去的永远是我们自己。

　　面对岁月的永恒，也许我们应该学会忘却。然而，那些纵然久远亦不能淡忘的旧事，那些稍纵即逝却濡湿眼眸的感念，那些时光、那些往事、那些模糊的面影是十分宝贵且值得怀念的。

　　岁月可以赢去我们的生命，却抹不去我们一路留下的欢笑和泪水。⚊

（原载 2007 年 9 月 22 日西班牙《欧华报》）

山趣

选一个晴好的九月午后，我们一起去散步。

阳光正好暖和，风是温和的，而且带着一股花草的幽香，飘着一丝滋润的水汽，这清新的呼吸已是无穷的欢愉，何况还有你在身旁轻吟浅唱？

一路顺着山势，迎着青草味儿的和风，泉水击打在山石上潺潺作响。树林中有巧啭的鸟儿们，张眼看，耸耳听，大口地呼吸。我们的胸怀随着曲折而变得开阔，心情随着满山的碧绿和无名的花草而雀跃，思想也会和着婉转的鸟鸣、潺潺的山泉、扑鼻的花香豁然开朗。

带一卷书，走十里路，找一个清静的地方坐下，在鸟语花香中读书，这原本是我认为最惬意的事。一进山中，你才会感到，自然才是最伟大的书。人生的启迪、困境中的顿悟、心灵的净化、思想的升华，以及我们对灵魂和自由的崇尚，不都可以从风簌里、流云中、山路的曲折、远山的连绵、花草的自在、百鸟的婉转中得到吗？

【原载《散文》（海外版)2000 年第 5 期】

山高路远

雁鸣渐渐弱了。

太阳不知不觉移到了远远地、孤零零地默立着的白杨林的树梢。空旷的戈壁尽头，原本明净的蓝天渐渐蒙上了铅灰的暮霭，一朵朵变幻的流云成了厚重的、沉甸甸的水墨。鸟雀们纷纷觅路回巢。

起风了。面对苍茫的暮色，我非常想念背后的家了。

不知坐了多久，月亮升起来了，斜挂在天空。它那温和、苍白的脸庞，就像辛苦劳作的母亲久久凝望着我。

我的思潮又回到了童年时代，那个准噶尔盆地南部的茫茫戈壁上遥远的秋夜。雾时，依稀看见整个十户滩，蜿蜒的玛纳斯河波光粼粼。昏暗中，向南延伸的是稀疏的沙枣林。北面是一望无际新垦的荒地。往东，乱石滩上那条长达数百里的简易公路，在淡白的月光下格外静寂，沿着公路稀疏地散落着睡眼惺忪的灯光。再往南，河流沧桑变迁后由废弃河道形成的苇塘边，一排圆顶灰色的泥窑在月光下静静的，显得破旧而安详。儿时，月亮曾穿过窗户，把清辉洒在地上，后来又看着我长大成人……

出星星了。

满天的星星，好像一伸手就可以够着。身边没有人，只有风声，一两声雁鸣，冷冷的星光。

心中感觉说不出的沉寂，思绪一去不回地淹没在流失的岁月中。人生的全部往事、全部忆念、全部情结、全部欢笑与泪水，以往种种可叹、可想、可念、可爱的亲朋手足，让我们刻骨铭心却早已走失的闺中密友，令我们怦然心动却杳无音信的竹马之交，活着的或已死去的，都慢慢地浮出记忆。

　　在岁月那无垠的岸边，是谁还会继续我蹒跚的足迹，延续我未了的故事，重复我失落的情怀，甚至呼唤我曾千百遍在心底深情呼唤过的名字……

　　此刻，坐在无所知亦无所感的戈壁乱石上，在岁月粗粗的、温厚的手掌摩挲下，我木然的心开始悸动。如何守住飞快流逝的生命？又如何面对一生的冷漠与艰辛？

　　风停了，四周寂寂。

　　凝滞的雾气湿漉漉地从四周围拢过来，而思想却在无意识的迷梦中，追逐那些飘逝的……

（原载 2000 年 5 月 17 日《中国税务报》）

无论风往哪边吹

起风的时候，我发现我要去的地方总是与风相反。

许多年前，当我迎着风，无助地站在空阔的戈壁上，仰看满天浮云急速地随风翻卷的时候，我以为，尽管风改变了沙丘的走向，磨掉了乱石的棱角，甚至砺粗了人们的皮肤，至少，风不能够改变我思绪的方向。

起风的时候，树们极不情愿朝风的方向去，它们似乎在暗暗较劲，在努力恢复人们眼中庄重的形象。但只要你往风里一站，就会发现想要保持风度是件多么不可思议的事。不仅披头散发、呼吸困难，而且瞬间占据心头的是恐惧，会被风刮跑、刮丢，会跑得离题万里，无影无踪的惊吓，让你恨不得马上变成戈壁滩上的一块大石头。

在风里，你很容易理解树们的苦衷。人如果不小心，也会被连根拔起，这好像使我们有些豁然开朗的感觉。我们之所以苦苦挣扎着要去和风相反的地方，实在是不得已的事。如果我们稍稍松懈一下，这里的草木、阳光、雨水和脚印，很快就会流散、消逝。

在风里，思念和痛楚、温柔与决绝都很容易滋生。谁能够把必将消失的东西迎面拦住？谁面对飘忽的岁月和永远消失的感念能够无动于衷？为什么风声里总有若有若无的叹息漫过窗棂，直逼人心？谁知道那些非常不快的往事和延绵不绝的后顾之忧为何总挥之不去？

在风里，想象和往事像潮水一样一浪高过一浪，与我擦肩而过渐渐远去。有一天，我也会一下子消失在人海里。

风依旧吹着，树们依旧无言……⬤

（原载 2003 年 4 月 27 日《中国税务报》）

路，在门外等我

很多时候，我并不知道自己要到哪里去。但在内心深处，我总是急切地想离开这里去寻找些什么。也许只是远方想象中的一片草地，一个多风的黄昏，或者梦中反复出现的一条栽满沙枣树的光洁土路。

我总是在想象中走得很远。那些并不确定的思路纵横交织，在闪烁跳跃的片断中，我感觉自己就像一片轻飘的落叶，沿着思绪的激流一去不回地走向无法预知的下游。

喧嚣的市井声常常打断我的思路，岁月却不断地以真实的面目向我逼近。转眼间，人到中年。

以前，我总以为中年是别人的事。是邻居大妈发胖的身体和疲倦的笑容，是单位同事担忧儿女的叹息和无奈，是长者们怀才不遇恨不逢时的抱怨……

时光在恍然中飞逝。当年大学校园中那个圆脸的小姑娘，变成今天这副沧桑的模样，让人没有多少思想准备。

年少时，多少意气风发的梦想在不经意间所剩无几，而我总是在为自己寻找各种借口。我常常在心中告诉自己，那些梦太远了，我还没有准备好出发。可我不知道，许多年来，那些一直在门外等我的路，都一一走掉了。就像年少时去走亲戚，天色已晚，在婶子大娘的一再挽留中，踌躇未决的我，眼看着门前的路渐渐消失在一片夜色中。

所以，捡起那些多年来不动声色揣在心里的梦想，我对自己说："我该走了，路，还在门外等我。再晚，路会走掉的……" ⑱

（原载 2005 年 7 月 11 日《中国税务报》）

鸟伴

午后的阳光下，倚在戈壁滩上的黄泥窑前，看鸟儿一批批飞过天空。

从幼时起，这就是对我富有吸引力的一件事。

鸟儿连续不断地飞过晴远的天空。

有时候排成一字长阵联翩飞翔，有时候一只孤鹰久久盘旋。秋天里还会有优美的雁阵，它们的叫声在空旷的戈壁上激起遥远的回声。

我的思想总会随着鸟群悠然地升上天空。我猜想它们一定看见了阳光照耀下的苇湖，苇湖中成群的野鸭，戈壁上一排排挺立的白杨，孤零零的黄泥窑和窑前的我。

鸟儿为什么要飞？它们要飞向哪里？它们飞累了在哪里歇息？这些百思而不得其解的问题一直困扰着年少的我。许多年以后，在拥挤的城市天空中，偶尔掠过的鸽哨还会牵起久远的茫然。

那时的我没有伙伴，看鸟自然成了生活中的一件大事。暖暖的阳光下，有时会飘落一两片羽毛，我会如获至宝地放在手中，想象是一只野鸽抑或一只秋雁，还是别的什么鸟落下的。久而久之，我觉得自己已经成了鸟儿们的知己。从春天的布谷到秋天的群雁，还有许许多多戈壁滩叫不出名字的鸟群，它们飞累了，会在窑前的小水洼中喝水、歇息、梳理羽毛。不知道你是否有过和鸟儿们对视的经历，我发现当我轻轻地呼唤我给它们起的名字"点点""毛毛""豆豆"时，鸟儿会歪着小脑袋很认真地看着我，目光中流露出纯真、好奇。那情景和神态，仿佛我们是很多年前的旧相识。

6岁那年，比我年长9岁的哥哥到离家三十几里远的地方上中学去了。哥哥走那天，我一直拽着哥哥的书包不肯放手。因为他一走，再没有人领我去苇湖里捡鸭蛋、捉蜻蜓，去野树林摘沙枣、掏鸟蛋了……

我每天呆呆地坐在窑前，这种情形持续了好几天。一天午后，我依旧坐在窑前一动不动地望着辽远的晴空。已经是初秋了，风有些凉。天空湛蓝湛蓝的，看得人有些眼晕，云彩不知都到哪里去了。

整齐的雁阵，一批又一批从天空掠过。

"嘎、嘎……"它们的叫声在空旷的戈壁激起久远的回响。我一下子从地上站起来，那分明是哥哥叫我乳名的声音，听起来那么亲切。

从此，我小小的心中对南飞的雁阵有了特殊的感情。每当雁阵飞过时，我都会随着它们南飞的方向和着"嘎嘎"的叫声，边跑边回应。

多年以后，一个夕阳西下晚来风急的黄昏，鸟儿们匆匆归飞的身影又唤起了我久远的回忆。少年时代萦绕我的问题又涌上心头：空旷的戈壁荒野，鸟儿们在哪里歇息？它们温暖的家又在哪里？

　　许多时候，当我因为生活中的挫折和困苦感到茫然、沮丧时，总会想起鸟儿们那不知疲倦的飞翔和它们和睦相处、互相激励的身影。困顿的心灵，也就得到了慰藉。●

风雪爬犁梦

一觉醒来，正是冬天的早晨。

暗淡的光线静静地透过结着冰纹的玻璃窗。

一夜之间，窗棂上堆满了厚厚的白雪，窗格子显得加宽了。

炉膛里封了一夜的炭火，已经慢慢地燃上来。暗红的火光透过炉盖周边的缝隙一闪一闪地打在屋顶上。

屋里暗淡而静。

下雪了！这是蒙眬中醒来后的第一个念头。来到窗前，哈着气，挑一处没有被冰霜封住的地方眺望远处，一幢幢房屋白雪盖顶。树上、篱笆上累累地挂满了雪，昨天的村舍已不再是所熟悉的模样。一夜之间，仿佛变成了德国古老童话中的背景。

悄悄地拔开门闩，雪花飘飘，立刻就落到屋里来。走出屋门，寒风扑面，利如刀割。星光笼罩在暗淡的薄雾里，东方露出奇幻的光彩，天快要亮了。

农舍的窗户积雪很多。早起的人家已点起了油灯，灯光孤寂地照射出来，像人们惺忪的睡眼。

鸡鸣犬吠，木柴的砍劈声，木门的嘎吱声。人们的活动渐渐地打破了雪后的沉寂，一切平凡的声音，此刻听起来是那么美妙悦耳。

这样的天气，是入冬以来孩子们一直盼望的。闲了一整年的木爬犁、木陀螺、冰鞋，又都要派上用场了。

广袤的戈壁，此刻变成了茫茫雪野。

沿着蜿蜒的人工河道，三五成群的孩子滑雪爬犁，抽木陀螺，在雪地上撒欢、打滚，冻得通红的脸蛋和清脆欢快的笑声，给寂寥的雪野增添了生机。

在我的记忆里，风雪和爬犁永远是冬天的风景。

在厚厚的冰雪之上，爬犁轻快地滑过，心中便充满了与冬天的严肃、静默截然相反的雀跃与欢欣。一提起北方的冬天，许多人对零下三四十度的寒冷咋舌，其实冬天的温暖是在心里头的。当人们把自己严严实实地紧紧包裹起来，置身于寂寥的茫茫雪野，会想起远处（其实就在心里头吧？）还有温暖，有父母的亲情和朋友的惦念。

在寒冷的冬天，温暖成了一切美德的代表。有哪一种温暖比得上冬天的太阳呢？太阳一出，林中的小鸟开始啁啾，屋檐上的积雪开始融化。农舍的周围，芦花土鸡和灰白的洋鸡一扫往日的慵倦，三三两两，四处寻觅掩埋在雪下的食物。

迎着阳光，踏着厚厚的积雪匆匆前进，心里充满着愉悦。尽管寒风依旧，暖暖的阳光与冰天雪地的强烈反差，却足以使我们对温暖充满感激。

正午时分，穿上自制的冰鞋，可以到冰雪覆盖的河道上畅游一番。坐在轻巧的木爬犁上，我向河道的远处滑去。河水在冰雪底下仍旧流着，发出模糊不清的声音。

爬犁很快滑过深不可测的大水，来到宽阔的河道中央。这里有些地方还没有完全封冻，在闪耀的阳光下，流动的河水丝丝缕缕散发着白色水汽，使人联想起泥炉上水壶里散发的可爱的蒸气。健康的人应该善于捕捉外界的信息，以弥补季节的缺憾，就好比外面越冷，我们的心中就越温暖一样，这其中蕴含的道理恐怕远比火热水沸要深刻得多。

暮色苍茫时分，雪又纷纷扬扬飘落下来，四周景物渐渐隐蔽在迷茫的风雪中。在温暖的炉火旁，漫长的冬夜开始了。我的梦，也伴随着屋外的风雪从温暖中开始了。❀

关于棉花的闲言碎语

有些爱，说不出理由。

它的朴素就像火热水沸，木暖烟生一样自然。

对棉花的爱，就是这样，不由分说。

很久以来，就想写一写棉花。

其实，生活中穿的、用的、铺的、盖的，都与棉花有着千丝万缕的联系。人们对棉花并不陌生，但我对棉花，不仅仅是熟悉，可以说是一种死心塌地的热爱。

在那些寒冷的岁月，棉花，成了一切美德的代表。是温暖的依靠，是携手走过的信赖，是梦中的真，是真中的梦，是许多年后充满感激的回忆。

记得有一年冬天，我妈用新棉花给我做了件藏蓝的列宁服小大衣，不仅暖和，而且还引来了许多小朋友艳羡的目光。

有一件花棉袄，每年秋天，妈妈就会拆了，续加一些新棉花。这样冬天穿起来，又会暖洋洋的。

冬天的我，是最富有的。

出门前，我会穿上棉衣、棉裤、毛袜、棉鞋，戴上毛线帽子、围巾和手套，捂上口罩，准备妥当，去茫茫雪野坐爬犁。

棉花，伴随我度过了那些寒冷的岁月。

我常常想，那些冬天里的温暖记忆是和棉花分不开的。回到内地，还是喜欢买些棉线的织物。虽然不用穿厚厚的棉衣、棉裤了，但对棉花的热爱，还是死心塌地。❀

布裙子

我小时候长得很慢。

用邻居任奶奶的话说："这孩子，小脑袋瓜子想事太多了，把长大的事忘一边去了。"

其实，大人们不知道，那时候，我天天想，做梦想，每天想得最累的一件事，就是快点长大。

我5岁的时候，草比我高。窑洞后面的老枯沟长满了蒲苇、碱蒿，我妈她一不留神，就看不见我了。大公鸡花花和我平起平坐，我一端饭碗，它就走到我面前，抢碗里的饭吃。我轰它走，它眼也不眨地看看我，不搭理我继续吃。风比我跑得快，刚听见头顶树叶沙沙作响，转眼，窑洞后的蒲苇和碱蒿全猫下了腰，赶忙着往家跑，沙土就进眼了，痛得直流泪……

这些还不是我日夜想长大的真正理由。

哥姐5人，我是老幺。那些年，布票定量，每人一年才3尺。我穿的衣服、裤子，全是哥哥姐姐穿小了、旧了，妈妈改一改，我再穿。

我小时候特别羡慕别人穿花裙子，总梦想有一天我妈会给我做一条花裙子。可我妈的打算跟我不一样，裤子一年四季都能穿，裙子只能穿两个月。给我大姐做条新裤子，穿旧了、短了，二姐、小姐和我三个人都可以再穿。夏天单穿，冬天可以套棉裤穿，这比做裙子划算多了。

我家大床上铺了条花床单，那是我爸妈下放时带来的。当时很多人家舍不得用布票扯床单，所以很长一段时间，邻居把我家的床单称为"太平洋床单"。小时候不明白床单怎么会叫"太平洋"？问我妈，她说，意思是床单大而且宽。我小时候无数次想，如果把"太平洋床单"做成裙子，至少可以做三条，而且可以是百褶裙！有一次，我妈把"太平洋床单"换下来准备洗，我趁机把床单围在腰上，故意在我妈面前走来走去，可惜，我妈她不明白我的心思。

窑洞窗户上原先有一小块当窗帘用的花布。有一次，学校演节目要求穿裙子，我妈就拆下来，洗干净，给我大姐做了条花裙子。后来，一直用一张牛皮纸当窗帘使，结果就发生了那场许多年后都让人后怕的火灾。

那天父亲外出不在家。晚上，母亲一边做针线，一边陪我们在油灯下写作业。等我们都洗漱完睡下后，母亲收拾完屋子才躺下，随手从枕头下拿出一本鲁迅和许广平的《两地书》看起来。小时候记得那是我家唯一的一本书，我爸的许多藏书，在下放途中莫名其妙地丢了。许多年里，我爸一提起他的那些书，总是一脸遗憾。那晚，母亲太累了，没读几行她就睡着了。那晚，风很大，牛皮纸被吹到油灯上，很快烧着了。窑洞的屋顶全是蒲苇扎成的苇把子，火很快就上了房。我被惊醒时，屋顶掉下来的火星已经把我身上的小背心烧了洞。我妈和哥哥正奋力扑打屋顶的火，多亏我哥机灵，他把衣服、床单一下按进水缸里，然后拎出来往屋顶扑火，终于把火扑灭了。他们扑火的过程中，我一直在哭，因为我身上那件穿了好几年紧巴巴的小背心上烧了好几个洞，我最喜欢这件有小猴图案的背心。我妈确信我们没有被火伤着以后，才发现"太平洋床单"被烧了一大块。以后的许多年，我妈总说假如那天睡死一点，什么都完了。

想要裙子的事，在我的小脑瓜里转了很久。我终于不想再委屈自己了，我决定不当老幺了，我要越过三个姐姐提前长大。我当时想，这件事的关键是我妈，只要我妈认可，排我当老大不就行了？我认为我妈她现在让我当老幺，肯定是因为我长得太慢了，太矮了。所以，我迫切地想长大，长高，这成了当时我生活中的一件大事。我甚至泪眼婆娑地大声宣布："我不当老幺了！"

那是一个漫长的午后，家里好像就剩下我和妈妈。哥哥去沙漠边缘的沙墩子打柴了，三个姐姐都不在家，她们嫌我走路慢，不愿带我玩。妈妈低头做她总也做不完的针线活。我当时说了什么已经不记得了，但我妈说，我当时绕了很大的弯，才提出不当老幺的问题。

"妈，我长大了挣钱都给你。"我妈抬起头，有点诧异地看着我，摸了摸我的脑门，又低头做她的针线活。

"给你买好看的花衣服。"我进一步说。我妈没抬头，说："打小就知道你是个孝顺孩子。"

"买两件一样的花裙子，你一件，我一件。"我妈终于停下手里的针线活："傻孩子，等你长大了，妈就老了。哪能和你穿一样的花裙子？"

"你等着我，不要变老。我反正不让你穿旧衣服了，我也不穿了。"说到这的时候，我已经想哭了。接着，我就泪眼婆娑地宣布：我不当老幺了。我的理由是老幺光拾别人的旧衣服穿。

后来的事我记不清了。那之后不久，我妈从田里劳动回来时，捡回几条装化肥的布袋子，用染料上色后给我做了一条新背带裤，上面还用红线缝了 5 个小字：为人民服务。我穿那条裤子时，每天晚上都叠得整整齐齐，压在枕头下面再睡觉。

上三年级的那个夏天特别热。一天中午，农场连部的球场上忽然开来一辆拖斗车，后面的拖斗里装着一些各种颜色的布。车停下后，一位嗓子沙哑的叔叔对我们几个正在玩跳房子的孩子说："快回家叫大人吧，一米扯三米的布便宜啦。"当时我们都没有听懂他的话，什么是一米扯三米呀？那个叔叔拿起一块紫红底白月亮图案的花布："看看，一米布票可以买三米，晚了就没了！"这么好的事？我们几个立刻各自奔向自己家。我家远一点，所以我一边跑一边喊："妈，妈，快点，一米扯三米，一米扯三米……"我妈听见我的叫喊，不知道发生什么事了，从屋里跑出来。我连比画带说，我妈一下就明白了，马上踩着凳子从火墙上面取下小皮箱，拿上布票和仅有的 5 元钱往连部跑。

这时，通往连部的马路上热闹开了。大人们招呼着，打问着，连部篮球场很快挤满了人。我妈去得早，很从容地用一米布票买了三米花布。其实，说它是布，有点冤枉，它薄得就像纱布，但我们还是兴奋了好一阵。那时候我对财富没有什么概念，但那天我就感觉发财了。我妈当天下午就用缝纫机把三米纱布变成了三条短裙。妈说，大姐已经有一条窗帘布做的花裙子，所以这次就没她的了。

9 岁那年，我终于穿上了"一米扯三米"的新裙子，实现了穿裙子的愿望。许多年后想起来，真觉得有面子，想想，一米扯三米呀……⚫

远去的火柴

现在，火柴离我的生活越来越远，甚至消失了。

写下这段文字的时候，我的手边已经找不到一根火柴了。可是，它飘忽的火苗却一直在记忆里不肯离去……

曾经很喜欢火柴。

小时候，生活在新疆，对温暖的东西有着近乎偏执的爱。火柴便是其中之一。

记得那时候冬天生火很难找到引火的东西。火柴能够燃烧的时间短，每次充满希望地点燃，看着仅有的一两张写满字的作业纸，上面的火苗在劈柴下面亮了，然后又灭了，又亮了，然后又灭了……

一年级那个冬天。有一天，教室轮到我生炉子，半夜，我和同桌就相伴去生火。结果，一盒新火柴很快用完了，火就是点不着。快上课了，我俩也没生着火，两个人脸上抹得黑乎乎的，一起站在炉子边抹眼泪。

从那时起，我就对火柴有了特殊的感情，一根也不肯浪费。

现在，火柴离我的生活越来越远，甚至消失了。

写下这段文字的时候，我的手边已经找不到一根火柴了。可是，那飘忽的火苗却一直在记忆里不肯离去……🌑

安顿一颗漂泊的心

在忙碌的现代生活中，我们始终行色匆匆。没有时间去关注我们至爱的伴侣，没有时间去关心亲情牵绊的家人和手足，也没有时间关注我们自己，梳理我们纵横交织的思想和恍惚浮躁的思路，安顿自己焦虑不安的心。

我们不懂如何利用偶得的闲暇让心灵回归。我们试图逃避自己，轻而易举地用很多方式打发掉独处的宝贵时光，比如看无聊的肥皂剧、逛拥挤的街市、赴嘈杂的酒会。我们不知道如何不使自己落入空虚、绝望和无助之中。我们无奈而又怅然地看着飞逝的生命，看着落日掩映中苍茫的群山，看着日子渐渐变得老旧，看着夕阳一点一点落下。

我们一直在走路，像追赶、像负重、像奔逃似的匆匆前进。这条路连着昨天，又伸向遥远的远方。其实我们并不知道自己要去哪里，不知道前面是否会有丰美的水草、寂静的山林、清洌的泉水和一座可供歇息的小木屋？

不知道前面的前面又会是什么？会不会有一条湍急的河流挡住我们的去路？会不会有摆渡的舟子载我们到对岸？上岸后，会不会有一个在鸟雀们起起落落的吵闹中冒着缕缕炊烟的小村庄？会不会有一条种满沙枣树的土路？我们会不会就走在这条路上，让这遥远的他乡唤醒我们若有若无的记忆？以及那一直萦绕在心中的乡愁和许多无法诉说的心事……

　　我们无法准确地告诉自己这短暂的一生会有什么样的经历。我们像一只只迷茫的水鸟,在无边无际的汹涌和苍茫中,一会儿飞向这个岛屿,一会儿落脚那块礁石,哪里也无法久留。

　　我们带着一颗散乱的心,匆匆地前行并且相信前方才是我们想要的生活。我们不停地安慰自己,"等退休了,我们要好好放松放松,把平生来不及顾及的喜好逐一兑现""等孩子长大了""等有了新房子"……

　　我们始终活在近在咫尺又遥不可及的明天。我们明明知道人生无常,一个鲜活的生命旋即会变成一叠洁白的遗嘱。我们其实明白只有时间是无限的,我们用一生的急切奔走,换来的只是我们自己的逝去。

　　我们希望经常从世俗的生活中抽出身来,在浓浓的夜幕下,我们该有多少话想说。我想告诉你戈壁上的沙枣树,怎样绽开细小、清香的花朵,怎样长出圆润的果实,是谁把它一直留在枝头等待秋霜的早晨,是谁在漫天风雪的旅途中把它当作美味的冰激凌。我还想告诉你,窗外的篱笆上怎样爬满了豆角蔓子,荒地上的玉米怎样长出淡黄的缨子,第一场秋霜怎样挂上屋顶,泥炉上冒着白气的水壶怎样让我们忘记了屋外的风雪……

那些停留在心中的日子啊，那些一去不返的想念啊，讲给谁听呢？

生活中充满了痛苦和无奈。在应付繁杂纷纭世事的间隙，为什么你不肯放慢匆匆的脚步？为什么你不能放下所有的牵挂和欲念，给心灵一片宁静的天空？ ⬤

（原载 2000 年 5 月 3 日《中国税务报》）

平安地老去

　　我不知道天从哪一扇窗户开始亮起？不知道哪颗星正一天天暗淡下去？不知道日光中打盹的老人有什么忧伤？不知道他夕阳一样熄灭的目光会不会在第二天重新点亮？

　　多少个下午，我坐在戈壁的乱石上，看着落日把荒芜的野地涂成一片金黄。梦想自己长大后有这么一块地，可以把一生的麦子都种上，把一辈子的粮食都打够。田边垛着高高的麦草，院里堆着冒尖的苞谷棒子，还有葵花、黄豆、花生……

　　我记住了那些下午，一直记着。童年饥饿的滋味混在那片金黄的颜色中。

　　另外的一些黄昏，我孤独地奔走在他乡。偶尔会想起很多年前，那个在落日里一动不动静静等待的自己。

　　我拿着一份固定的薪水，业余时间写点文章。有两次稿费几乎接近我的月薪，我以为这样干下去，我就可以把一辈子的钱挣够。剩下的时间，我就可以不再为生计奔忙，可以在夜深人静的时候，泡一杯热茶，找一本喜爱的书，信马由缰地在某一个故事中酣然睡去，不必担心第二天早晨会晚起。可以在午后暖暖的阳光下，在阳台我亲手种下的一些花草的香气中打盹，可以像小时候一样望着天空发发呆……

现在，我在忙忙碌碌中已经生活了很多年，虽然不很富有，但却享受着安谧和平安。

　　我知道，天会在一个人的心里悄然亮起，知道夕阳暖暖的光阴会一点点离去，知道秋天的风最终会扫过我们斑驳的身体，知道我们会一天天平安地老去…… 🌼

（原载 2007 年 5 月 21 日美国《世界日报》）

36年前的美味

一家人围坐在一张不大的木头圆桌旁吃饭。

母亲看着最大的也是五个孩子中唯一的男孩，他正在慢慢地喝碗里的玉米糊糊，好像喝快了就品不出滋味。他身上洗得发白的衣服明显小了，虽然孩子长得很瘦小，可衣服紧紧地裹在身上。母亲无声地叹了口气，他才11岁，但家门口的一大堆柴火是他每天去沙漠边缘一点一点背回来的。母亲把自己跟前未动的一碗粥端起来，倒进男孩的碗里。男孩懂事地伸手挡住了："妈，我饱了。"然后起身离开。

最小的女孩三四岁的样子，马上举起自己的小碗："妈，我没饱，我还要喝。"大姐抓住她的小手："姐吃不完给你，不许要妈妈的。"不等母亲说话，大姐把自己的小半碗粥倒进妹妹碗里，也离开了。

母亲看了一眼在一旁用旧报纸卷莫合烟的父亲，然后把目光移向窗子，眼角余光瞥了一下墙洞里的玻璃瓶，一下僵住了，那里面装着半瓶葡萄干，现在只剩下一点点了！母亲大声喊回男孩和女孩，家里的气氛顿时紧张起来。孩子们面面相觑，不知道发生了什么事。

"说，谁偷吃了葡萄干？"母亲严厉地问。她的目光在两个大孩子脸上扫过，墙洞太高了，小点的孩子根本够不着。

两个大孩子异口同声："不是我。"

"妈妈，是我吃的，可甜了。怕你生气，没吃完。"最小的女孩说话了。

"不能吧？你怎么能拿到葡萄干？踩着凳子也够不着呀。"母亲摇头。

"妈妈，我想了好多办法。"小女孩兴奋地压低声音，凑近母亲耳边，"我和小姐姐支'马架'上去的。"

小女孩绘声绘色地讲着。

她和小姐姐在屋里奔跑追逐，玩累了坐在地上翻羊拐骨。她无意间抬头，目光一下就被玻璃瓶吸引了。巨大的幸福让她们快晕过去了，可是她们爬上凳子够不着，凳子摞凳子也不行。

最后，她们想出了办法。

小姐姐比最小的女孩大一岁半，她蹲在床沿让最小的女孩爬上她的肩头，然后小姐姐慢慢地站起来。这样，最小的女孩站在她肩上刚好可以够着玻璃瓶。她们长这么大，第一次吃葡萄干，真甜。

小女孩讲到这儿，还在咂巴嘴。但最后，她们还是忍住没吃完，又重复刚才的过程把装葡萄干的玻璃瓶子放了回去。小女孩讲的时候，母亲脸色苍白地坐在那里，父亲的目光在床沿和高高的墙洞间停留。想象着眼前的两个小女孩一个踩着另一个的肩膀，晃晃悠悠升得那么高，一个趔趄，母亲吓得一下闭上了眼睛。父亲望着窗外，一直没有说话。

许久，母亲搬了凳子，从墙洞取下瓶子，把里面的葡萄干倒在桌上，分成五份。"吃吧。"母亲对五个孩子说。

过了几天，中秋节到了，母亲自己制作的月饼里没有葡萄干，而是放了一些瓜子仁。

后来，那个墙洞再也没有放过吃食。🌸

有些事，走远了就不会回来

那年我六岁。

有一天晚上，哥哥提着有玻璃罩的马灯，领着小姐姐香、燕子、小乖和我，记忆中应该是去捉萤火虫。走上田埂，一大片星星落在水田里，突然离我那么近，晃得我眼晕。四野里虫声一片，我迷离着眼，四下张望，走着走着，只剩下我一个人。我一直搞不清这是一个梦还是真实发生的事？

如果是梦，我怎么会在记忆里保留那么清晰的画面？如果是真的，怎么只剩下我一个人？其他人都去了哪里？

三十多年前，几乎每晚一开门，月光就一下涌进屋里。那种光亮有些苍白、迷茫，让人觉得仿佛弄丢了什么。一些早已过去的伤心、失落，一点一点回到心里，却想不起是为了什么。

我喜欢坐在月亮地里，痴痴地看那皎洁的光一寸一寸挪动，看它悄悄爬上衣柜，斜到墙上……

住进城市以后，月亮一下子离我远了。我只能闭上眼，坐在三十年前那片月光里……🌑

弯道

　　我们本来沿着宽阔的大道一直走着。不经意间一瞥，旁边草丛中摇曳的野花、风中浮起的草香和纷飞的彩蝶分了我们的心，我们开始心神不宁。

　　我们看见草丛中隐约的弯道好像朝着另一个美好的去向，我们迎着它的召唤，不由自主地离开了原来的大道……

　　我们的选择充满了正当的理由。谁愿意在一条眼看着毫无生机的路上耗费生命？我们不知道，多年来苦苦追寻的目标就在前面不远处等着我们，我们在到达前夕选择了放弃。更可悲的是，弯道的美景很快就消失了，我们在深深的草丛中踌躇，风不断地在身后把我们拨开的草丛又合上，我们很快迷路了……

　　这不是一个虚构的故事，是我在野外地质考察时的一次亲身经历。

　　事后，我们什么也没有多说。在充满选择和诱惑的人生道路中，谁能保证自己不犯错？在匆忙中我们有过多少过失而又无法重新开始？在选择中我们不断地失去，甚至忘记了最初的目的。

　　我曾站在渺无人烟的荒原茫然不知所措。周围没有路，四周又都是去路，每一个方向都是未知的陌路，无论你如何取舍，都会有孤注一掷的无奈和擦肩而过的失落。荒原的风不停地改变方向，你刚刚觉得风在身后催促着你向某一个方向前进的时候，它又把你迎面拦住，挽留你远行的脚步。

城市的路，每一条都有明确的去向，即使你不小心走上了弯道，它也会在某一个交会点把你送回大路。人生的选择中，大概就没有这么幸运了。❀

（原载 2003 年 7 月 16 日《中国税务报》）

对岸

穿过那条长长窄窄的老街，去坐渡船，渡我到江的对岸。然后，坐随西去的列车，去楼兰，去克里雅河，去塔克拉玛干大沙漠，去遥远的大西北工作生活。

才刚近午时分，有一个长长的下午在我的面前，不觉间放慢了脚步。

江岸并没有想象中葱绿的草丛和一大片迎风的麦浪，我也无法完成去草地上坐着读书、看水的愿望了。在我眼前，有不断涌来的小小浪花，有低低飞过的不知名的水鸟，还有，在路的尽头静静等我的渡口。

这满目的流水是怎么满了？怎么绿了？谁也说不上来。想一想，岁月要用多少时光装满这起伏的波涛？要多少等待来酿就这个风和日丽的午后，要多少未知的巧合等我刚好来临？

在这一刹那，什么都还没有发生，一切都可以由我任意勾勒。什么都来得及，来得及打算，来得及安排，来得及选择与拒绝，来得及想和做，来得及爱与被爱，来得及开始与终结……

然后，我登上了渡船，慢慢地往对岸去了。

风一直吹着我的脸和衣裳。船头溅起的浪花湿了我的脸，我的心，一直打湿了我日后的生活。我不知道对岸会发生什么故事，也不知道在以后的岁月里命运会是如何的面目。喧闹的城市渐渐向船头逼近，而你的脸和握别时的许诺却在转眼之间模糊起来。

隔了那么多年，将目光重新投回起点，那来时的河岸依旧静静地伫立在奔腾的河川上，等着我。在年深月久、日晒雨淋中，那流水一样的忧伤竟然还在斑驳的记忆中等着我。等我关心那石阑干上的苔痕；等我关心桥下流水的缓急；等我关心带草味的和风；等我关心年少时曾经想买一只小船，划去桥荫下念书做梦的许诺；等我将年轻时的不舍与无奈，将所有的爱怜与痛惜，将生活中隐秘的疼痛与堆积的疲倦化作泉涌的热泪。

等着我，去一趟长长窄窄的老街。等着我，坐一趟渡船。再一次，渡我到江的对岸。🌸

驻足荒原

在城市待久了，忽然很怀念与戈壁滩相守的日子。

坐在无所知亦无所感的戈壁乱石上，在岁月粗砺温厚的手掌摩挲下，我木然的心开始悸动，心中感觉说不出的沉寂。

思想一去不回地沉没在流逝的岁月中了。人生的全部往事、全部忆念、全部情结、全部欢笑与泪水，以往种种可叹、可想、可念、可爱的亲朋手足，让我们刻骨铭心却早已走失的闺中密友，令我们怦然心动却杳无音信的竹马之交，活着的或已死去的，都慢慢地浮出记忆。

如何看住飞快流逝的生命？又如何面对一生的冷漠与艰辛？

坐在戈壁的乱石上，心中的思念一下涌了起来，但又说不清具体思念什么。想家，想念儿时的伙伴，想逝去的少年时光，想一些杳无音信的朋友……

身边没有人，只有风声。🏵

走近大漠

如果你没有真正到过沙漠，也许，你会用柔情妩媚来形容它。

远远地，透过镜头，那柔波一样的沙痕，以无声痴情的静默，悄悄地、温顺地凝望你，会让你情不自禁地产生错觉。

夕阳的光，把金子的颜色涂抹在沙波上，满眼金碧辉煌的庄严。这是许多大漠摄影给我的感受，但是，那不是我心中的大漠。

其实，真正的大漠给你的不是唯美的享受，而是震撼。

也许，从某种意义上说，沙漠其实是个无关风月的地方。从城市的躁动和喧嚣中脱身，在狂野的风沙面前，思想会变得很纯粹。

你可以试一试，当你的眼睛在毒辣的日光下黯淡下去，当你的汗水在炙热中不断流出，你就会明白大自然的苦心。它在不动声色中，教会你一个道理：你尽可以挥洒你的想象，但必须脚踏实地，才能生活下去……🌸

第五辑

你们玩吧，我只想自己待一会儿

对于你来说，
生命充满了迟到早退，
对于这个世界来说，
全部都是不变的日常。
　　　　　——张嘉佳

热爱

这个夜晚
清醒的人，喝醉
克制的人，诉说
怀疑的人，相信
收敛的人，逞强

每个人
都活在自己的深渊中

其实
每个人心中
各自的悲喜和心得
生命的静默和自知
并不需与人知晓和分辩

世上的幸福
原本是平庸的
细微
琐碎
脆弱

为之付出代价

却常常，不得要领

所以

这个世界

许多人

自相矛盾，破绽百出

沉溺其中，不可自拔

其实

颓唐的背后

每个人心里

都隐藏着对世间

深深的

不能如愿的，热爱

知道

有些境地，始终摆脱不掉

有些事情，始终做不到

有些愿望，始终无法实现

每个人
依旧只能被允许
在各自的定义域内
自生自灭

夜深了
我说
我累了
我要睡了

如此
暂时忘记
这千疮百孔的世界 🔖

脆弱

知道生命中，有些东西珍贵难舍。所以，即使明白不可能，还一再挽留。

你是否可以，强作镇定，不露声色。

曲终人散的时刻，淡然起身。

以平常心接受人与人之间聚合别离，淡然，不落牵挂。即便之后是漫长一生的告别。

茫茫人世，孤独旷日持久。

身在旅途，应当理解人与人之间，不必依赖、留恋，当学会自处，等待。

你不可以过分投入，不遗余力，盛情直至束手无策，溃不成军。

保持随缘自在，这是世间旅途必须培养的单纯。

你必须习惯无情。

暗自敬佩那些坚韧的人，失去任何人，仍可以活得一如既往。

而我，在夜色覆没城市、滂沱大雨突至的夜晚，想起弥留之际的你，依然会用双手蒙住脸，掉下眼泪。

这样脆弱，孤立无援。

知道生命中有些东西，珍贵难舍。所以，即使明白不可能，还一再挽留。

如此，不思悔改。

粉身碎骨，却依然想念。

谁说，

你一旦喝醉，就可以变得对这个世间很有勇气？

会忘记世间的苦痛，轻信生活的美好。

我相信，

却为何一直做不到？ ●

疼痛

有很多时候，
这个世界，让我们如此伤心。
但我们从不表达，
如同我们从不轻易说出自己的热爱。
从不！
母亲走了，相隔着茫茫的生死，再不会有相逢和告别。
依赖被抽离，希望被破灭，等待被断绝，未来被遏制。
爱的人，亲手送她走，看她化成一堆灰。
这样的痛苦！
可是必须接受身心撕裂，无可弥补的现实。
生命并不是能够为所欲为的事，你知道！
那些一起度过的欢喜深浓的日子，细水长流的生活，
一朝一夕，拖延至一生的绵长与怅惘。
有谁来告诉我，该如何穿越这漫长、漫长的绝望？
在黑暗中哭泣，因为对规则的无能为力。
无法对任何人说出心里的周折。
说到底，疼痛是一个人的事。
命运来去自如，
连一丝惊动的声音都不需要发生。
没有什么东西，能够因为不舍而获得怜悯。

如何吞咽和消化掉这些必须承担的困难？
即使心里有一种畏惧，
对这萧瑟落寞的，对黑暗幽闭的畏惧，
也要承担它。
所以，我们要放开手！ 🔹

意义

你看，烟花在头顶炸开的一刻，璀璨至极。

她说。

你无言。

然后呢，看那烟花，蹿至高空，灰飞烟灭？

你看到了吗？

所有的时间都一往无前。

但是，只要你愿意，轻轻地一按，"咔嚓"，时间就为你停下来。

她摆弄着手里的闪光灯说，这刺眼的光芒，使你真实地感觉到时间的凝固。

你无语。

其实，谁也无法停留。

人生并没有别的去处。

走投无路，不过如此。

看，那一大片向日葵。

蔓延着浓烈的金黄，开得多么绚烂。

她说。

你默然。

清楚这一切会走向衰败，却依旧要获取这短暂的繁盛。
有自知之明，却毫不悔改。
像扑向火焰的奋不顾身的蛾，
挥霍生命所有光阴，只为这醉生梦死的一搏。

有谁来规定，这样一种虚无的追逐方式，
仿佛在大风里行走，迎风而上。
光阴在耳畔掠过，自知一无所获，心里却充满豪情。

有谁能够来告诉我们，该如何忘记，如何心不设防，
如何坚持自己能够飞翔的壮阔意志？
穿过这漫长的、漫长的绝望，明白，这一切虚空的意
义所在。

生活一如既往，
我们活在绵长深刻的寂静中。
心生悲凉，
但，空寥自足。🌸

清醒

华丽、繁盛从来都只是生活的表象。

如若不肯屈就妥协，就必须保持内心的纯洁、愉悦与坚定。

耐心地，在落寞的世间行走。

安然于心灵道路的循序渐进，不必为世间空洞的情谊诚惶诚恐。

置身喧嚣的市井声和沸腾的夜色之外，看透一些世间真相，所以不欲多言。

如同隔岸观火，无关痛痒。

保持人与人之间，郑重而留恋的对待。

付出善意，发现和尊重。

也许这已是世间难以追寻的奢侈。

世间如此寂静和漠然，每个人都各自孤独，无法靠近。

谁说过，人若不选择在集体中花好月圆，便显得形迹可疑。

对自己有太多的自省，触摸到生命的深渊，就可以这样理所当然地沉默。

独自触摸能够飞翔的壮阔意志，寂寞地眷恋不可言喻的生之苍凉和欢喜。

冷暖自知，矜持冷淡。

我看到自己在这世间的无所作为，
坦白、清醒的自知之明。
留给自己在动荡的世间，一簇小小温暖的火焰，
照亮独自颠沛流离的路途。❀

笃定

我喜欢像树一样笃定静默的人，
朴实无华，然而眼神温和，笑容暖煦。
知道世间荒芜寂静，却保持内心的信任和深爱。
人生观开阔坚定，自成体系，与世间并无太多瓜葛。
朴素，简洁，一种内心格局，一种力量所在。

对喜欢的东西沉着镇静，内心笃定。
从容不迫，清淡如水。
相信彼此，
可以说完想说的话，
做完想做的事。

明白生活的一部分真相，
不再对其眼花缭乱。
对世间极其珍惜郑重，
也知道随时会与之隔绝，
索然而清淡的自知之明。

对人世间的情谊，
保持静默无语的容量，

晨雾天光，
就这样一起，
过着烟火世俗的生活。🐳

从容

有多久，没有这样在夜色弥漫时分走过人声鼎沸的街市，穿过汹涌的车流，路过几处颓败的旧屋，漫无目的。

路灯下，被残破墙角处伸出的几枝鲜艳的月季花惊动，这样盲目而不自知的华丽。生活的平淡细节总这样，留下漫长岁月的印记，忍耐、付出、消失、痛楚，以及对生的热爱和死亡的美。

生活，就是这样以无限丰富博大的可能性向前推进。

又或许自知花期有限，结局已在眼前，所以花开至糜，不计成本，才有如此从容应对。

不知道，什么样的生活可以称它为醉生梦死？

如此，慢慢地接受下来，这烟火世俗生活中细水长流的温情。

开始喜欢一个行走者镜头下记录的"破旧残缺，刻满了漫长时光留下痕迹的街道和房子，街头小贩脸上反映出来的生活"。

谁说过，热爱大海一样的生活，有潮水，有平静，但始终一往无前。🔹

明媚

不知道为什么，我总是对那些闪烁着微弱而纯洁光芒的事物有着不可救药的热爱。

它们也许只是一些温暖的旧图片；一张泛黄的作业纸；一个在记忆中留存的电影镜头；暮色清凉，房里暗下去的光线；曲曲折折，无疾而终的故事情节……完全寂静地，清冷地，停留在岁月深处某一刻。

慢慢地，明白，其实内心欢喜的是那样一份不染岁月尘埃的明媚。

置身五彩纷呈、眼花缭乱的生活，起起落落，随波逐流。想要的只是一份安静，成全自己，做一个静默淡然的人。坚定地活在自己的世界，虽然不可在路途中停歇，但可以获取幸福的光芒。

我喜欢停下来，与当今的喧嚣失去联系，读一些有时间和经验洗刷痕迹的文字。

从别人的文字中回来，有一种大病初愈的疲倦。那些看上去从容不迫的叙述，要么一语不发的安静，要么滔滔不绝的声张。原来，每个人的人生，都注定有些仓皇时刻。

钟表停下，可时间还在，它依然要静静地流逝。

内心欢喜的只是那样一份不染岁月尘埃的明媚。🏵

花相似，人不同

不知道从什么时候开始，慢慢感觉到自己成为一个时常心怀留恋的人。

午后阳光中的微尘，墙上斑驳的光影，无边的夜色，远处明灭的灯火，暮色中静默盛放的花朵……

"未曾明白生活的意义所在，却对它有充沛而无法诉诸的情意。"

喜欢这个句子，是因为对这些朴素的热爱，实在说不出理由。

岁月流迁。一些事，一些人，稍纵即逝。仿佛绽放的烟花，无影无踪，无凭无据。

我们都知道，春天对重复的事情不惊不乍，毫不动容。毕竟，花相似，只是人不同而已。

其实我们的活，也只是如同春天的花树一样，简单。如此，唯愿你我，懂得珍重。🔹

让我们一起走到世界尽头去

年少时常常在灯影里盘算，一个人如何远走天涯。

曾经对你说，我要走到很远很远的地方去。是的，总有一天。

只是一瞬间的事情，我与你，各奔东西。

是的，写下这些文字的时候，我已经慢慢变老，与那一刻的你，彼此相忘于江湖。

即便在走投无路的时候，常常会想起。但是，面对旧时光中的你，终究无言以对。

我发现，生活其实就是一直地走，一直地走。

不说什么，越走越沉默。

很多的时候，只能在时间中随波逐流。沟沟坎坎，遇到合适的地方，驻足，发芽，等待。然后，再次被时间的洪流，席卷一空。

相信，每个人的路，都是冥冥中的那条。我们，只不过顺路带自己去远方而已。

我是个喜欢担心的人，所以，常常走在时间的前面。我看见，时光如水，不由分说，吞噬一切。所有的情感和努力，下落不明，徒劳无功。

有很多时候，这个世界让我们如此伤心，但我们从不表达。如同，我们从不轻易说出自己的热爱，从不！

谁也不清楚，自己的指缝间究竟有多少时光，而生命终究要经历黑暗和痛楚。始终有勇气，告诉自己，让我们一起，走到世界的尽头去。⬤

稍纵，即逝

常常想，岁月真的是不拘形式的。一段光阴不觉间已成为过去，而那卷土重来的，也似曾相识。

一样的晨昏日落，一样的洗涮忙碌，一样的工作琐事，一样的迎来送往……

而这些鸡毛蒜皮就这样占据了我大半的岁月。慢慢地明白，这才是最真实的生活，最亲切的人间烟火。

在这些不起眼的琐屑中，时间一寸一寸地走过。也就在这不知不觉间，一个个当时，稍纵即逝。

稍纵，即逝。

自己呢？活着活着就老了…… ❀

懒人的新年愿望

晒晒太阳，做一个白日梦，在一个没有小虫和知了吵闹的下午。

坐下来，静静地喝杯茶，听孩子诉说未来的愿望。

花开雪飘，风吹草动。在每一个季节变换的时刻，享受片刻的幸福。

躲进被窝，翻一本文字很少的图画书。窗外的风不停地吹啊吹，流星不断地划过夜空。

剪短头发，坚持等待一段可以发芽生长的岁月。

踮起脚尖，轻轻地走过野蜂飞舞的果园。

哈着气，跺着脚，在茫茫雪地里留影。

……

一个人，眼睁睁地看着时间一秒一秒一秒一秒流逝，我知道不可能停下来在这美好里赖着不走。

时间总是坚定不移地向前。在千篇一律、平淡琐屑的工作与生活中，那些挥霍的光阴就像从手中溜掉的小鱼，在流逝的时光中溅起活泼的水花。

喧闹之后，总是在安慰自己，相信每一天的努力没有白费。🥢

什么是什么？

一炷香，慢慢地烧完了。

一杯茶，由热到凉。

钟表停下来，影子短了又长。星星不见了，潮落了……

风息了，你在街边的台阶坐下，心想，那些消失的什么，都是些什么呢？那些什么的什么，到底去了哪里呢？

那些消失的什么，总得有个去处，有个交代，有个留言、信息什么的。或者，有个解释，有个下落，有个说法什么的吧？

但是，那些实实在在的在，为什么就不在了呢？🌼

挥一挥衣袖

　　一段岁月，匆匆地走，匆匆地来，又到了时间交替的时候。

　　挥一挥衣袖，告别以往。所谓风过而竹不留声，雁过而潭不留影，带不走一丝云彩，留不住一寸光阴。时间的溪流中，唯有一直向前。

　　扬长而去的岁月中，翻翻拣拣，只是一些琐屑，三两故友，几段故事……

　　大段的光阴，却是日日炉前灶边人间烟火的忙碌。忽然明白一个事实，其实幸福是离不开人间烟火的真实的。

　　从每日的工作中抽离，从书中的世界回首，感受柴米油盐的朴素，渐渐觉出其中的韵味。原来，自己也可以让日子有滋有味。

　　做一罐清新的柚子茶，酿一瓶醇正的葡萄酒。做着这些事情的时候，忽然觉得，时间好像就是可以理直气壮地用来浪费在这些事情上的。

　　新的一年，我要把时间浪费在喜欢的事情上。🏮

光阴故事

又是岁末。

手边只剩下薄薄的日历，岁岁年年，年年岁岁，似曾相识的岁月总会卷土重来。而那些光阴故事，似乎只是些支离破碎的情节，回望过去，竟像身处大雾中……

每年的这个时候，总是不肯相信一大把日子就这样扬长而去。回想那些流逝的光阴，仿佛只留下些鸿爪般的记忆。似乎就在不经意间，自己的岁月就在轻描淡写中老了。

今年通过三个多月的学习考试拿到了驾照，算是完成了一个目标。其他都是些琐屑的日常工作：一位编辑朋友总是督促我写东西，他通过不断向我约稿，迫使我不能停止写作。

一堆工作又要开始啦。

所以，现在，我要停下来，静听夜阑和那些没有走远的时光的余唱…… 🍀

倾听月色和低语的耳朵

喜欢一个人，发愣。静静地，让世界在尘土飞扬中，自己寻着路向我走来。

喜欢一个人，涂画。画下遥远的风景，画下早晨，画下露珠看见的微笑。画下天空，一片属于天空的羽毛和羽毛上高远的梦想。

"画下丘陵——长满淡淡的茸毛。我让它们挨得很近，让它们相爱，让每一个默许，每一阵静静的春天激动，都成为一朵小花的生日。"

喜欢不起眼的葱花。尽管不足挂怀，但会在平平淡淡的岁月里，给帮助过我、爱我的朋友和我所爱的朋友，一点点生活的乐趣。

羡慕一个朋友，能够经常 take trip。因为我读过一本旅游的书，有一个令人为之神往的名字《私奔万水千山》。

大雪之后，很冷，但晚上月色很好，满天星斗。所以，想起一句话，"在星辉斑斓里放歌"。

其实，在一生的岁月中，需要一只可以倾听月色和低语的耳朵。

让岁月白发苍苍去吧

曾经那么喜欢一个女孩。

明眸皓齿、热情洋溢、娃娃脸、小虎牙……她的一切，就是完美的象征。

曾经那么热爱一位父亲。

成熟、稳健、亲切、善良，很纯粹又很自然。

当女儿遭遇绝症的时候，这个眼角挂着忧郁，目光透着慈祥的父亲，压抑着内心的感情波澜，用父亲的坚强，唤起女儿对生的渴望。那藏着泪光的眼睛，让多少人心碎。

非常喜欢这对银幕上的父女。

女孩，负载了我对青春的怀念。

父亲，让我相信坚强就是忍住了脸上的眼泪，心里却早已泪如泉涌。

岁月匆匆。埋头走自己的路，忘记了曾经，弄丢了青春，已经很久不会感动了。

忽然有一天，看见了女孩最近的照片。除了眉宇间的几分相似，已经认不出当年的样子。

看见了那位父亲的照片，也是满脸风霜。

那一刻，惊愕之后是不肯相信，不愿相信，不能接受。

潮水般的记忆，汹涌而至。

才发现，很久很久仿佛已经忘记的喜爱、牵挂，依然那么真实。它们依然在记忆的风中，在熟悉的路口等着我。

岁月如此无情，它让我在眼泪中相信，许多东西无论你如何珍藏，依然会被剥蚀、毁损……

你我是不是也悄悄地改变了模样？

如果真有那么一天，我找不到你了，再也找不到，茫茫人海中，不再有任何关于你的消息与提示。

我选择忘记，还是慢慢地回忆？

让岁月白发苍苍去吧！

我情愿，在记忆中保留那些最美好的记忆，保留那年轻纯真的笑脸，保留曾有的感动和期盼。🐿

流逝的细节

　　大岭山总是在云里雾里。

　　从山深处蜿蜒穿过林子，绕着墙外流过的是一条小河。河两岸多雨多雾的山坡上，随意蔓生着野花和草木，空气中草叶的清香和鸟们不知疲倦地鸣唱，随着青石上的流泉一去无悔地向着远方。

　　十九岁那年，站在山坡上，远望雾气迷蒙的峰峦，仿佛满目青山、满天浮云、满耳的风声和所有的未知里都充满了令人振奋的希望。那时候，河那边，山那边是一切都欣欣然的未知世界。夏日的夜晚，坐在河边的石头上，让温热的河水沐着双足，仰望着头顶的星群一遍遍描绘美丽的梦想。

　　多年以后，再来远远地望过去，所有的过去分明就是山峦与河流外面那个我曾经不了解、曾经渴盼的世界。就是我摸索追寻，苦苦挣扎，并且痛苦过、快乐过、忧愤过、平静过、感奋过、颓唐过、爱过、恨过、哭过也笑过的世界。

　　而那些当时痛过也折磨过的风浪与挫折，失败与无望，在今天回想起来竟变得非常模糊了。错过了就过了，做错了已经错了。日子会逐渐过去，所有经历过的挫折与苦难只是一种我们必须经历，又无法逃避而后逐渐忘记的时刻。

　　许多年过去了，多少值得珍惜的细节和痕迹都消逝在岁月里。

其实，无论你多么热爱你的生活，多么惋惜曾有的错过，多么努力地寻找追悔，生命仍然要慢慢流逝。

当你心碎的时候，当你懊丧的时候，当灯火逐渐熄落，而你颓然老去的时候，有岁月温暖的眼睛注视着你，有历经沧桑世故后的宁静与平和伴随着你，又何必怨，又何必悔呢？🎀

时间，是这样流逝的

　　40 岁如同年龄的分水岭，形势会急转直下，心中不由分说就有了一种兵荒马乱的仓皇感。

　　过去的那些岁月，不怎么留意就扬长而去了。而张望来时的路，竟是大雾里的模糊。

　　会不会，有一天我再也找不到你了。

　　青春光洁的额头，顾盼生辉的妩媚，清新灿烂的笑容……在我埋下头的时候，悄悄地、悄悄地从身后逃离，像大雾散去，真相露出，那些消逝在尘世中的，再不会有任何消息和提示。从此，只能把过去深深地藏起，藏到谁也无法触及的距离。

　　努力地回想，在流逝的岁月中，确乎有过鸿爪般的纪念。有金榜题名的手舞足蹈，有洞房花烛的满心幸福，有第一次领到工资的欢喜，有穿越茫茫戈壁的落寞，有攀爬雪山冰川的恐惧，还有一个人发呆时的静默……

　　除此之外呢，那些大段大段的空白，那些我听不到、看不见，也没有记住什么，被弄丢了的岁月呢？

　　那些看不见、摸不着的分分秒秒，不就是和妈妈有一搭没一搭说着的闲话？不就是望着窗外，望向天空，看着看不见的远方发呆？不就是一边吃着零食，一边读那本对事业没有什么帮助的科幻小说？不就是一遍遍听 90 多岁的老奶奶用难懂的家乡话讲一些鸡零狗碎的往事？不就是在孩子们"小姨""小姑"的叫闹声中和他们滚成一团？不就是在灯下一字一句推敲那份改来改去的汇报材料？不就是心情不好时给家人闹闹情绪，熬夜之后在被窝里耍赖偷懒？

哦，这样拼凑起来，是这些平淡的细节，是这些不起眼的小事，是这些波澜不惊的心情，是这些杂乱无章的琐屑，构成了我生命中那一大段岁月…… ❀

轻轻地走与轻轻地来

　　一段属于自己的光阴，轻轻地走，又轻轻地来，让人想起桃花潭水，新月荷塘，流水琴弦以及窗前的月光。不能把握的，永远是流逝的美好与细节。

　　2009 年还没有走远，但它确乎就那么悄无声息地从生命中溜走了。

　　新的一年，探头探脑等在一边，轻轻地走与轻轻地来。岁月是不拘泥于形式的，而我自己，面对一段崭新的光阴，还是免不了一种跃跃欲试的心情。

　　太阳升起来了。

　　其实，太阳不仅仅是升起来了，太阳都夺目了，弥漫在岁月的光芒中，一个人能够清楚地看见时间，看见自己的背影。

　　新的一年，我要努力工作，还要好好锻炼身体。业余时间，努力提高厨艺，让人间烟火的味道更美好。闲来的时候，画画，写字，听听风声，看看纸上乍现的湖光山色，描写梦意与春光，兴致勃勃地领略天上的星光……

　　新的一年，轻轻地来了，我需要学会和一段岁月好好相处。🔲

附耳细语

每年的这个时候，需要静下心来，想想一段新的岁月里，自己该做些什么。

可是今年，不知为什么心里总有一种兵荒马乱的感觉。

瑜伽，练不下去了，因为静不下心来。

书，读得三心二意，因为一些句子会在不经意间触到心痛的地方。

翻检写下的文字，不明白为什么少了以往单纯的心境。

父亲走了。

这是个挥之不去的念头。

希望新的岁月，我会像父亲希望的那样坚强起来。我要珍惜和母亲待在一起的日子，我要和家人多分享快乐，我要放弃工作中总想争先的习惯。

我要记得去看楼下柳树发芽的模样；我要常常抬头看看窗外的蓝天；我要和朋友相约去爬那座看上去不远，却从未接近的山……

只想轻轻地告诉自己：

给不了自己天堂，给自己一个梦想，

给不了自己太阳，给自己一点希望。

希望 2009 年，我可以学会坚强，学会快乐，学会波澜不惊地生活。❀

轻轻地，我走了

　　轻轻地，我走了。

　　2008 年，留给我太多的伤痛，就此告别……

　　轻轻地，我走了。

　　像所有的人一样，我，还要赶自己的路。

　　其实，每个人的路，都是冥冥中已被指定的那一条。我们，只不过顺路带着自己去向远方而已。

　　重要的是，我们知道自己都在赶路，知道自己正在各自的岁月中老去。

　　轻轻地，我走了。

　　不想惊动生活，不想打乱记忆，不想模糊双眼，只当作一次郑重的告别。

　　我听懂了你的告白。

　　懂了，真的懂了。

　　可这一明白过来，心中所有的坚强都化作了茫然。

　　当你真的，轻轻地，一步一步，在我祈祷的分分秒秒中，走过我的身边，再也没有回头的时候，我突然泪流满面，忘记了自己的承诺。⊛

一颗留在远处的心

　　每年的这一天，他都会在支票簿上写下"20"这个数额，流利地签上自己的英文名字，然后开始给朋友写信：

　　请你，买一张赴吾乡的车票，买一顶手编的草帽。然后，请你在车站的转角，到那常穿褪色唐装的阿伯处买一挂荔枝。再然后，请你不要乘车，戴着草帽步行穿过喧闹肮脏泛着污水的菜场，拐过卖卤面的老王面摊，到吾家。不必敲门，叫一声"阿郎伯"，那是吾爹。请将荔枝留下，陪他老人家饮一杯茶。再请你，转到邻家，看有一位衣衫简朴的年轻妇人，她是吾初恋。看看她是否有健康快乐的笑容，是否又为她的丈夫新添了儿子。请你，请你为我做这些，寄上 20 美元，谢谢！

　　写完这些，他将信与支票放入信封，以泪和吻封口，粘贴了航空邮票。然后，再取笔，在支票记录簿上记：6月 28 日，回家车费及杂用 20 美元整。

　　在电脑屏幕前读完朋友发给我的 E-mail，我整个人呆住了，原来回家还可以用这种方式！

　　一年又一年，游子重复着上面的过程，在甜蜜和忧伤中，用想象完成了思乡之旅。

　　远远地离开了，思念便成了定格的镜头。记忆里的人影不再拥挤，年迈的父亲、青梅竹马的恋人、终日喧嚣的小镇……

　　一位作家说过，一个人不能没有故乡。漂泊的游子总是不断地回到过去，在梦里，在静默的想象中。❀

想要一颗会疼的心

　　我想从旧照片中认取当年的颜色，无奈那些名字在我舌尖，迟疑着，不肯向前。

　　光阴像流水，在你并不经意间，物是人非。

　　回过头，好像一切都不曾走远。但那些曾经以为永远不会忘记的，却在念念不忘中，忘记了。

　　拿出一些旧照片，有些曾经熟悉的面容，怎么就忘记是谁了呢？

　　也许我们曾经是幼儿园最好的伙伴，许多年过去，这好像是岁月留下的唯一线索。照片上，我们笑容灿烂，无忧无虑。那时，未来还在一眼看不到边的地方。

　　怎么一眨眼，就蹒跚在各自的岁月深处，音信皆无了？

　　岁月匆匆，虽然弄丢了许多东西，却始终有一颗会疼的心，让自己在岁月中迷失的时候，不断想起，曾经的好朋友……　●

沉浸在寂静的时光深处

深一脚，浅一脚，徜徉在岁月的岸边，谁也挡不住时间流淌的光芒……

夜色逗留在门外。灯下翻看着薄薄的日历，又到了岁末，到了该向这一段岁月辞行的时候。一种不肯相信的念头悄悄升起，这一大段岁月真的又悄无声息地走了吗？

每个岁末，都会有这样的感叹。翻检过往的点点滴滴，除了琐屑的平常，大部分时间投入了工作中。然而，那些工作上的成绩，就真的能证明人生的价值吗？那些别人眼里所谓"成功"，就真的能让自己感到快乐吗？

一直以来，认认真真地努力，踏踏实实地付出。一年一年过去了，不断地把假期延迟，把休闲推后，事业进步了，可是那些奔忙之后，总觉得弄丢了什么。

那些陪妈妈有一搭没一搭说着闲话的温馨，和姐姐一边逛街一边聊天的乐趣，一面吃零食一面看闲书的慵懒，每晚睡前去窗户前看月亮的兴致……好像都已经久违了。

如何守住飞快流逝的生命？又如何面对一生的冷漠与艰辛？

在城市待久了，忽然很怀念与戈壁滩相守的日子。

坐在戈壁的乱石上，心中的思念会一下涌起来，但又说不清具体思念什么。想家，想念儿时的伙伴，想逝去的少年时光，想一些杳无音信的朋友……

身边没有人，只有风声。🈳

世界的生日是哪天？

这个问题好像有点傻。

我试着想了一下，如果我现在是个小学生，估计也没有胆量拿这个问题去问老师。

那么，世界的生日到底是哪天呢？

嗯，这真是个问题，让我好好想一想……

应该是哪一天呢？

很久很久以前……

我如果这样一开头，你马上会笑掉大牙。

地球的还是宇宙的，生命的或是人类的起源，到底哪个才能代表世界的生日？

有很多傻傻的问题，越问觉得自己越傻，越傻觉得生活越可爱。

傻傻的人，才会发现世界其实很有趣！

我情愿每天变傻一点点，这样，我才会对这个世界保持永久的童心。

问你几个傻问题：

1. 鱼会不会放屁？

2. 企鹅的脚为什么不会冻坏？

3. 胆量大小与胆有关吗？

4.为什么会出现鸡皮疙瘩?

5.土豆的两个祖先是谁?

6.苍蝇为什么不生病?

弄丢的朋友

我常常想，人的心情是不是会像那些看上去很柔软的云彩，有时候为了卸下心里的水分，一块云破了，漏下一阵雨。

美丽的东西常常是靠不住的。

但是，我依然喜欢云朵一样美丽的事物。

很久以前，我突然找到了一个弄丢很久的朋友。在我写下这些文字的时候，他还不知道我是谁。很有趣！

小时候，常常羡慕"执子之手，与子偕老"的场景。

希望能为一个深夜读书写字的身影，倒杯茶，披件衣，长大了才懂得——理想需要一个凳子。

其实，人生是很平淡的，能有懂自己的人不容易。

我只是一个为生活奔走的人，做着喜欢不喜欢都要尽力做好的事情。

许多时候，我不知道，天从哪扇窗户开始亮起；不知道夕阳的影子在哪里停留的时间最长。

但是我知道，温暖是在一个人的心里最先升起，光阴会在岁月中一点点离我而去。

更知道，秋风最终会扫过我斑驳的身体……

喜欢有一个朋友，听听自己对平淡生活的感受。

比如，我喜欢"葱花"这个平淡的名字，因为"葱花"两个字看上去还与"花"有点关系。⚫

第 六 辑

目送你一程，各奔东西

跌跌撞撞做挚爱这个世界的人。

天就要黑

1. 回到从前

现在，我越来越多地想到"从前"这个词。

我发现自己在说这个词的时候，大多是悄声细气、左右环顾无人时，好像只有这种语气才能与从前那些若有若无的回忆相配。

无论是谁，我想，只要一回到这种语气，就会像一只打着瞌睡的麻雀一样安静下来。因为从前总是沿着一条不太确切的思路，在自己也没有把握的恍惚中，像重温旧梦一样含混着开始的。

我相信很多人像我一样，并不是有意要回到从前浪费现在的光阴。当我们可以预知的怀念来临的时候，我们会尽快把它打发掉。可是我常常是在阅读和写作时，毫无防备地被一些不动声色的词汇打动。

我刚刚翻开一本诗集，读着一些关于灯的句子：
我们栖息的桌子飘向麦田
我们安坐的灯光涌向星辰
灯，你的名字
掌在我手中
这时候，那盏用白线绳编成芯子的煤油灯倏忽亮了，火苗闪烁不停，像一束颤颤摇摇，即将被风吹熄的光，油纸窗被橘黄的暖色晕染着，渐渐传出隐约的人声……

我不能确信那盏油灯是不是一直在黑夜里，或者在别处等着我的呼唤？我发现自己很长时间没有想过它，它是从那首诗里径自闯到我的黑夜里来的。在灯下，我重新看清了父母年轻的面容。

我相信油灯那豆大的火苗里，藏着我许多心事。

小时候一个人待在那片灯影里，心里盘算着怎样远走他乡。在想象中，穿过一片又一片树林，拨开一丛又一丛茅草，让露珠沾湿双脚。

我总是急于从那片灯影里离开，走向自己那个地方。到哪里去？干什么？我自己并不清楚。是寻找恍惚中出现过的一个村庄吗？是一丛碱蒿、一座木桥、一片蒲苇吗？我在茫然中被远方牵拉着，诱惑着，油灯的火苗就像遥远的目光一样从容地注视着我。

我必须承认，油灯对我的一生有着不可思议的影响。

小时候，我总是在灯影里一次次走向一个并不确知的地方。后来由于从事地质工作，我真的走了许多地方，有水，有草，有一片片山林和许多茅屋，还有一条两旁栽满了沙枣树的土路。甚至，有一座在人们心目中遥不可及的冰川。

几十年的时光这么一晃过去了。

一排破旧的窑洞在月光下挡住了我的去路，如水的月色里留有我寂寞的童年时光。我总是不断地回到从前，并且每次都停在这里不能继续往前。门里寂寂无声，月光清冷地照着窗户纸。当年的大人、孩子、鸡、鸭、鹅、狗们都不在，往日邻里间大声招呼孩子、吆喝家禽的声音消失了。

我站在院子里张望，想找回当年那些七零八落的琐屑。

2. 我们的去向

我不断地沉湎于过去，朋友们开始担忧。

我其实是竭力想从现实中去发现快乐，寻找欢喜的。

每天早晨许许多多人和我一起出发，去向哪里？干些什么？我们都若无其事地装在心里。在生活中学会的遮掩和虚伪，使我们很难从一个简单的存在中发现单纯的快乐。

于是，我发现周围开始风行从酒桌上带回的民间段子和所谓"口头文学"。也许，只有这种东西才能让平日里互相提防和猜忌的人们借着酒劲酣畅淋漓地大笑。其实人们都是向往快乐的，只不过不愿为此费尽心机。因为快乐总是稍纵即逝，而空虚和绝望其实比快乐要具体得多。

在一个又一个十字街口，不时挤着一堆神情无奈，等待红绿灯再次亮起的人们。从他们的脸上，你绝对看不出他们在想些什么。我不知道他们中有多少人像我一样，怀着对自己日日虚度的不满、梦想空落的歉疚和一事无成的自嘲等复杂的情绪，朝着自己不得不去的方向前行？

谁能替我们诉说心中的郁闷和无奈？谁会投向你关切的目光，注视你一直前进的方向？

其实，我知道自己会一下就消失在人海中，再也找不到熟悉的家门和亲人，来不及告诉他们一个真切的故事，关于我自己的，我这一辈子……

我想，也许我们真的需要弄懂绝望和虚无，幸福与快乐这些简单的词汇。这样，我就可以在你们的目光中出发了，即便这是一次永远的离别。

我们总是牵挂得太多，对别人照顾得无比细致和烦琐，使自己无法走向更远的地方。活着的时候很少关心自己，走了也怕亲人难过：

别在我的身后哭泣，其实我并没有远离……

也许，我们值得庆幸，有相濡以沫的亲人陪我们走过世间的漫长时光，于是我们成为一群幸福的人。我们的心交替着沧桑和稚嫩，一会儿沮丧失落，一会儿感奋激扬，是亲人的支撑和搀扶，抚慰和激励才使我们勇敢地挺住。

我们有时以为未来在一眼望不到边的地方。许多个黄昏，我在锅台旁忙碌间一抬头，看着不断从门前走过，时常见面的陌生人发呆。那些低着头匆匆赶路的人，肯定知道他们身后不会留下一串长长的、没有尽头的脚印。但我知道他们心里藏着一个美好的去处，就像我相信路会在门外等我一样，就像穿过夜色匆匆飞向屋檐的燕子一样。

我打开了门，月色一下涌进屋里。我好像很多次看见这样的月光，就像一个人从远处的梦里醒来，看见自己单薄的身影从寂寞的童年迎面走来。

多年后，我记忆中的玛纳斯河还在月光下静静地流淌。沙枣树的花正在什么地方散着淡淡幽香，窑洞前的葡萄架倒了没有，屋后的小路应该被蒿草淹没了吧？

我出生的地方和现在生活的地方相距千里，几乎横穿了整个中国。恍然中，很多熟悉的东西渐渐丢失了。就好像梦中一群人说好了跟大哥一同去玩，他提着马灯影影绰绰走在最前面，人影在田埂上一溜排开。我睁着迷离的眼东张西望，刚浇过水的田里缀满了亮闪闪的星星，数也数不清。走着走着不知怎么就剩下了自己和一片悦耳的虫鸣。

谁也不知道他们去了哪里？

我总是固执地反复着这样的梦境，用目光一遍遍寻找那些消失了的面容。不清楚他们是不是也像我一样怀念记忆里那些不会改变的东西，其实自己却早已变得面目全非。许多年后还被我怀想的人，早已不知去向，无法告诉他们我的想念。不知道我是否也会被他们想起，也会给他们带来一些失落和怅然？

有一次，年幼的儿子在我前面的人行道上蹒跚地走着，不知怎么就从视线里消失了，我急出了一身冷汗。后来发现他正站在路边哭呢，嘴里还不停地念叨：妈妈丢了……

我也会丢掉吗？以前我总以为是别人不小心从我的生活里走丢了，从来没想到自己也会丢掉，我真的会一下子消失在茫茫人海，再也找不着今生今世的真实？我突然被这个想法结结实实地吓了一跳，明白了自己一生急切奔走的最后方向，我的泪水一下模糊了双眼。

一个人及时地对自己总结和回顾，真的很有必要。我的朋友中，有的匆匆地就走了，什么也没有留下。面对依旧绚烂的夜空，我长久地默默无语，谁还会耻笑一个近40岁的人说：我这一辈子……

谁能预知这一辈子是 20 年或者更长？你走后谁来见

证你以往的生活？你所有经历过的新奇和激动、空虚和无奈，是否已经毫无意义？

人这一辈子，需要有兄长、爱人、孩子和朋友。兄长是那个替你擦鼻涕、帮你系鞋带、被你缠得团团转的人；爱人可以让你伤心时把脸贴近他宽厚的胸膛；孩子让你学会等待和忍耐；朋友让你恍然间觉出岁月其实是一片无法逾越的地域。一个人和另一个人近在咫尺，彼此却无法走进各自的人生。你必须忍住生命中的狂喜和悲伤，在飞扬的尘土和扑面的草香中，默默地受和挨。

又是一个长夜。在无边的夜色中，我的心里充满了怀念。一些过去不经意留下的生活碎片，唤起内心久远的落寞和感伤，说给谁听呢？

我一次次拨开风中的茅草，它们又在我身后很快合上。我找不到记忆中那条熟悉的去路…… 🥀

个人情结

　　男人向西边的草滩走去，羊群已经走向远远的土坡。他眯起眼睛，嗅着玉米成熟的气息，再过几天就是收获的季节了，他的心好像并没有因此兴奋起来。

　　他掏出用旧报纸裁成的卷烟纸，从烟布袋里小心地捏出一些莫合烟，卷成长条后，用唾沫将纸边粘住，放在鼻子下面闻着。这点儿莫合烟还是他在荒滩上开出的一块地里种的。把烟叶晒干后，用药碾子碾碎，在大锅里炒出香味，再喷上少许酒，抽起来有一种卷烟无可比拟的辛辣。

　　在他的生活中，莫合烟是苦闷时的伴侣。他沉默寡言，好像大多时候，他的面孔是在莫合烟缭绕的烟雾和浓烈的气味包围中。

　　天空明净高远。他的心突然涌起一种莫名的忧伤，一种仿佛由来已久却又无法自拔的伤感，一种在恒久的自然面前突然崩溃的自卑、渺小、空虚和绝望。他不明白为什么在这些草木面前，他会感动得热泪横流。

　　他从来没有在任何人面前如此痛快流过泪，这也许就是他宁愿远离人群像他的羊儿一样漂泊的原因。他有时会蹲在玉米地边，看着叶子上清晰的脉络出神。从种子播下，出芽，到长出叶片，植物用令人惊讶的速度飞快地生长，眼看着嫩绿的叶片转眼间就挂上了秋霜。

他像看着一个人的一生一样注视着玉米的生长，也看着自己的生命一点点地消逝。正因为无数次目睹了植物的生命不断地回归泥土的过程，他好像对死亡有了一种全新的感受，甚至对泥土产生了深切依恋。每当他嗅着空气中弥漫的泥土和草木的气息，就会恍然中与万物融为一体。

人在很多时候无法了解自己的内心世界。许多久远的往事，逝去的隐痛，曾有的失落和绝望，那些无法言说的情感体验，那些自以为早已忘怀的爱与恨，总会在一个并不相干的场景中，在你毫无防备的瞬间卷土重来。

那些似乎没有任何牵连的人和事，就那么不留情面地占据了你的记忆，不管你愿意还是不愿意。你或者拼命挣扎在突然将你淹没的洪流中，重新感觉着一种强烈的钝痛。或者让自己沉浸在痛苦中，让所有的落魄、抑郁、失败和贬抑统统加在一起，在一次痛彻心扉后，从此便有了一种藐视一切挫折的勇气。因为比之前者，其他的苦痛就都没有了分量。

男人有着高大魁梧的身材，一双温和的眼睛，一颗从表情上无法察觉的五味杂陈的心。这片土地并不是他的故土，可是多年来他总以为只有这片土地才适合他。这里是有名的戈壁上的"绿洲"，只要你肯流汗，开垦的荒地会长出绿油油的庄稼，包围着庄稼的荒地上也不像人们想象的那样寸草不生，而是长满了骆驼刺、铃铛刺和碱蒿。

这里人烟稀少，天总是蓝得让你眼晕，刮风的时候天昏地暗，让你不得不对自然产生畏惧。尤其是冬日的半夜，风怕冷似的拼命从窗缝挤进小屋，用木棍顶着的棉窗帘不情愿地听着风拍打塑料窗纸的声音。这种对抗久了，不知什么时候，谁家的窗户咣当一声把你从梦中拍醒，隐约听见遥远的人声，仿佛那凉气早已吹进了你的被窝，不由自主地蜷缩身子，庆幸自己家的窗子安然无恙。

暖和的天气里，这里有无边的静谧。静到能听见自己的呼吸声，蜜蜂和蜻蜓振翅的声音。你会暗自惊奇：昆虫也能越过荒滩枯沟，准确地找到自己的花园。更令你意想不到的是，这里还有一条芦苇丛生、水齐腰身的苇湖！据说，这是许多年前河流裁弯取直留下的牛轭湖，仔细看，确实可以发现隐约的河沟。

想来多少年前，这里该是一幅水草丰美的景象，沧海桑田，有多少无法预知的巧合才使你站在这里缅怀历史？苇湖里的野鸭和水鸟常常使你恍然，它们从哪里来？在哪里栖息？如果它们与这个苇湖是同时遗留下来的，又经历了多少风雨和传奇？只有这里可以让你尽情地思想，而都市和那些稠密的村庄是难以安静的。在故乡的园子里，狗吠让人不能思索，下蛋的母鸡涨红着脸高声叫着走来走去，猪哼哧着拱槽，猫弓着背和一只公鸡争斗……

　　尽管男人是偶然来到这里才决定滞留于此的，到这里后才发现，这里简直就是为他这种人准备的。这里巧妙地结合了粗犷的戈壁风光和悠然的田园景色，这里是自然的天下，人很容易和自然融为一体。你可以循着你的思路，一泻千里，想漂流到哪里就到哪里，没有人教导你该不该这么想。你可以醉倒在地，头挨着婆婆的玉米，眼里倒映着湛蓝的天空，双手舞动着，嘴里喃喃自语，那颗急促而热情的心脏里藏着的是多年飞翔的愿望。

　　你可以沉默寡言也可以高谈阔论，你不怕没有听众，更不怕酒后失言。你四周是庄稼一样忠实的朋友，你会感到人类像植物一样幸福。你不必在意天色，反正一望无际的戈壁滩上就像你自己的版图，羊群跑得再远，也能知道它的位置。

　　羊儿大概也像人一样怕孤独，它们总是紧紧地跟着头羊。头羊也恰恰是最聪明的一只羊，它能够认路，可以安全地把羊群带回羊圈。羊群里母羊居多，因为农垦连队养羊是为了繁殖保证存栏数，以便有足够的羊毛送到毛纺厂。

一些下脚料被连队职工用线锤纺成毛线，在大锅里染成各种颜色，用来给家人织围巾、手套、袜子等御寒用品。

　　大多数时候，羊的脾气很温顺，你几乎随时可以从它妩媚的眼里读到温情。男人每年都要把它们赶到很远的地方，那里有一个农垦连队，专门负责剪羊毛。那段路很长，他好像能从羊的眼里读懂它们的不安，于是用滑稽的腔调大声唱起知青教他的澳大利亚民歌《剪羊毛》：

　　绵羊你别发抖呀别害怕，不要担心你的旧皮袄，炎热的夏天你用不到它，秋天你又穿上新皮袄。

　　羊儿好像听懂了他的解释一样，乖乖地跟着头羊一路走下去。返回的时候，看着羊们瘌痢头一样的"外衣"，又好笑又内疚，可羊们就一副很满足的样子。大多数人认为羊都长得差不多，男人却能看出它们的差别。如果什么时候少一只羊，他很快可以知道少的是哪一只。碰上哪一年雨水多，草长得旺，羊身上的毛就像冒油一样，在阳光下亮光光的。

　　草滩上的草疯长。一场雨后，菟丝草、奶子草、狗尾草争先恐后，这使得男人又有了新的见解：雨水像爱情一样珍贵。🌸

那个小男孩

　　从早晨汹涌的车流中穿过，将儿子的小手放开。儿子说过"再见"，转身向学校走去。在乍寒的秋风里，儿子背着书包的身影显得很单薄。他没有回头，很听话地沿着自行车道边缘窄窄的小路慢慢地走着。这是儿子上一年级的第二天，我其实很想像第一天一样，一直把他送到学校门口，看着他走进去。可最终还是狠下心，让他单独走。

　　孩子有属于他自己的长长一生，有他自己必须承受的负担和压力，有他自己的欢乐和忧伤，我是不能替代的。

　　我把一个兴高采烈的小男孩交给了纷繁多变的世界，交给了车水马龙的城市，交给了纵横交错的道路。虽然我教导他要遵守交通规则，要走人行横道，可他还不到七岁，还不知道危险恐惧为何物。而我是知道的。我祈盼匆匆的行人，你们能够慢一点，小心一点吗？当背书包的孩子从您的身边经过时，请您千万关照，容许我看着他平平安安回来。

　　我把一个欢乐好奇的小男孩交给了世界，那个对万物的神奇和宇宙的浩渺兴奋到发昏的程度的小男孩，那个一心想知道根如何长，芽如何发，花如何开，果如何结的小男孩；那个一心想知道蚂蚁如何搬家，蜜蜂如何飞进六角形的房子，蜘蛛如何用网粘住飞虫却粘不住自己，圆滚滚的毛毛虫怎么变成翩翩蝴蝶的小男孩；那个看见枯枝抽芽，衰草又绿欢喜得发慌，发现鸡蛋里居然能孵出毛茸茸的小鸡神魂颠倒的小男孩；那个每天早晨一边喝牛奶一边用吸管吹得满碗飞泡泡的小男孩；那个用水彩笔在地板上画满各种不同类型的交通标志，乐此不疲推着玩具小汽车呜呜满地乱跑的小男孩。

我把一个诚实纯朴的小男孩交给了世界。他开始识字，开始读书，开始观察身外的世界，开始提出许多的疑问。他对世界求知若渴，对自然兴味盎然。而我，则不知道如何才能尽我所能引领他慢慢认识这个世界？

那个满脑子问题的小男孩，其实只是一个好奇而且喜欢早一点知道答案的孩子。

我们尊重他的好奇，珍惜他的好问。我们希望尽我们的努力，让小男孩早一点享受"知道"的乐趣。

那个一心想知道"这一切为什么会是这样"的小男孩，其实只是所有和他同龄孩子中的一个。❀

（原载 1999 年 10 月 3 日《燕赵晚报》）

自己会奋斗的花草

　　木木要做发芽试验，问我要一些豆子。我想不出去哪里给他找能发芽的种子，就从买来做八宝粥的米袋中，选了几粒绿豆、红豆、花生米，还不无担心地提醒：这可是用来熬粥的，不一定能发芽啊！

　　木木不管这些。他很细心地把棉花浸了水，放在塑料盒内，把红豆、绿豆、花生米分别放在棉花上，开始了他的试验。

　　一个星期很快过去了。

　　一天晚上，木木欢快地捧着塑料盒让我看：绿豆顶着弯弯的小绿芽，白色的根须开始向棉花里伸展；一粒花生米从中间裂开的地方冒出了绿色的小叶片；剩下的几粒红豆和另一粒花生米除了被水泡得有些发胖，没有发芽。

　　那以后，我们回家的第一件事就是去看发芽试验。绿豆芽越长越高，蔓延的根须顽强地伸展着，与棉花难解难分。花生则长出了四片叶子，木木把它移植到了小花盆里。

　　今天早晨，木木上学走后，我照例收拾房间。发现种子试验盒旁边有一张纸，是木木写的试验总结：从豆子身上我们学到了什么？

　　纸片上写着：一样的种子，一样的环境，为什么有的长出了叶片，有的却没有发芽呢？

分析完一些因素之后，有一段话这样写道：

　　那些肯奋斗的种子，抓住机会（水、阳光等）成功地实现了梦想。它们，活了……

　　种子没有发芽，可能有其他原因。但木木肯定那些发芽的种子"自己会奋斗"，深深地震撼了我。

　　我喜欢养花，但多半养些易活的平常花草。这些好侍弄的花草是不是像木木说得那样，因为"自己会奋斗"能够适应各种环境得以在许多人家的阳台上出现呢？

　　想想自己这么多年随遇而安的生活，不知道在木木眼里算不算"肯奋斗"的一类人呢？⬛

意外

吃过晚饭，在灯下看书。

儿子悄悄地从门外探头："妈妈，有个数学迷宫太难了……"他表情夸张地看着我，接着神秘兮兮地问，"你要不要试一试？"

我属于那种越做难题越兴奋的人，儿子了解我。

"想比赛？好吧，五分钟以后交卷！"我很自信。

这是一个解救人质的迷宫题。一个箭头指向迷宫的入口处，另一端的出口处画着一个象征"人质"的小人，中间是一些密密麻麻纵横交错的线条，要求用一条最佳的路线把"人质"解救出来。

我手里拿着铅笔，用逆推法先从"人质"脚下的三根线头之一开始尝试，这样胜算至少有 30%。以前，我曾经给儿子演示过这种方法的神奇，小家伙偏不用。今天得用实际效果敲打敲打他。

出发不一会儿，我就陷入一团乱麻状况中。迷宫中间密密麻麻的线交叠在一起，根本看不出哪条线才是刚才我选中的那条。再观察另外两个可能的线头，也像毛线团一样让人眼花缭乱，难以分辨走向。我心里有几分疑惑：题出错了？

再看儿子，也被乱麻一样的线团挡住了。他的铅笔早已离开了迷宫，直接在入口和"人质"之间打来回。

一丝担忧悄悄在心里升起，遇到难题就想放弃怎么能面对以后的激烈竞争？不行，无论如何得让他坚持下去。

"这道题有问题吧？"儿子自言自语。

"没问题。"怕他半途而废，我赶紧打断他。

"从这堆乱麻中不可能找出路线。"他开始断言。

"别着急，不尝试完别轻易下结论。"眼看着是一个培养儿子耐心的好机会，不能错过。

我埋头在这张巴掌大的纸上，希望无声的行动对他有所启发，但不断地尝试却毫无结果。

儿子的目光早已离开了迷宫，开始打别的主意："我看直接跑过去解救人质得了。"

"直接跑去救人还用你说？设计迷宫就是为了锻炼你的思维能力，还有耐心。"我打消他见异思迁的想法。

儿子不服气："救出人质就算成功。"

"既然是迷宫题就要把精力放在迷宫上，咱再看看？"我软硬兼施，让他学会对付难题。

"2 个五分钟了。"儿子提醒我。

我仔细研究了迷宫的线路，确实走不出去。但书上不可能出一个解不出的迷宫题吧？

3 个五分钟过去了，还是没有进展。

　　"要不，咱看看答案？"小家伙狡猾地对着一筹莫展的我笑。

　　只好默认！

　　翻开答案，我愣住了，接着和儿子笑作一团。

　　答案只有一行字：最佳路线——不进入迷宫，从入口直接跑到出口处解救人质。

　　想想自己处心积虑，小心翼翼用固守的成见来影响儿子的灵活思维，不禁汗颜。

　　其实"持之以恒"的教条有时是害人的。发现不对，应当马上放弃，寻找新的途径，而不是不惜代价坚持到底。

　　❀

认领梦想

木木四五岁时，非常执着于他的梦想。

"我长大了，要买一辆拖拉机。它的动静真大呀，我想它都快想晕过去了。"其实，他总是在睡前说着说着就睡着了，但他坚持说自己"晕"过去了，以证明自己对拖拉机的痴迷。

有一段时间，他缠着大人给他买钢琴，并且很认真地告诉我，学好钢琴长大挣钱买拖拉机。

"拖拉机梦"持续了很久。木木知道自己买不起拖拉机，但他不懈地和我谈他的"拖拉机"，并且每次都问我相同的问题："你长大了想干什么？"

这每每勾起我的梦想。可是，木木不明白，我已经长大了，大到忘了自己想干什么了。

我老老实实地告诉他，小时候我想长大了开飞机。

木木眼睛亮亮地盯着我看。

"不过……"我不好意思地告诉他，那时候家里很穷，吃不饱饭，我开飞机的目的是想装好多饼干、糖呀，吃个够。

他咧开嘴，开心地笑了："你长大了，为什么没有开飞机？"

说实话，我没有为"开飞机"这样一个梦想努力过，而是直接奔向饼干、糖呀，吃饱了，自然忘了曾经有过"开飞机"的梦想。

"那你长大了，还想干什么？"木木不肯罢休。

"我还想去梦中的激流岛，去香格里拉，去丹巴……"这些梦被我刻意地忘掉，又被木木一次次提起。

许多年了，我总以为梦想一直在很近的地方等着我，好像随时就会起身，招呼我。虽然有种种借口让自己回避梦想，但我一直固执地认为，自己从来没有扔掉那些曾经的梦想。

去年八月，大学同学聚会。谈起当年的趣事，有位同学非常认真地对我说："我一直替你记着你当年的梦想——要当一个插图画家。我记得你有一本写满诗歌的本子，用碳素笔画了好多很有味道的黑白插图。"

真的，有段日子我们只有十七八岁。

"我曾经迷上画画，想当插图画家？我不记得了。"

同学不依，说道："这么多年我一直惦记着你这个梦，替你收藏着。即使实现不了，你也得认领吧！你领走了，我也不用担心会弄丢了……"

我领走了这个早已遗忘在仓促青春岁月中的梦，也忽然明白了自己喜欢插画的理由：他们的故事画面里一直留着我依稀的梦痕…… ⊕

忍一忍你的爱

　　星期日在花木市场闲逛，看见茶碗大小的花盆里种着一种不知名的植物：米粒大小的叶子细细密密地挨在一起，是那种让人顿起怜爱之心的小东西。

　　问过主人，他也说不清植物的名称，只说是一种随意蔓生的小草。见我喜爱，丈夫把仅有的两盆买下来，一盆放在我的办公室，另一盆，儿子放到了爷爷家。

　　接下来的几天，我在办公室一闲下来，总喜欢用喷壶给"小可怜"浇水。看着水雾轻轻地落在它柔软细密的叶子上，心想，它大概是喜欢并且适应这种"毛毛雨"的。

　　这小东西喜水。我忙完手头的工作，凑到小花盆前去望它，叶子上针尖一样细密的水珠无踪影了，状似掏耳勺一样圆圆的小叶子越发亮了。不过，"小可怜"细弱的像头发丝一样的茎蔓紧紧地贴着泥土，让人不觉为它能否顺利长大忧心。

　　一个双休日之后，我像以往一样早早来到办公室，却蓦然发现"小可怜"像被霜打了一样，完全蔫了。我赶紧用喷壶喷水，心想："是不是缺水了？"

　　开完会，已经是中午了，再看"小可怜"，依然没有打起精神。细密的叶子像打湿的卫生纸一样皱巴巴的，我在屋里转来转去想不出用什么办法来挽救它。

下班后回到家，忽然想起儿子也有一盆"小可怜"，一问才知道，他那盆长得很苗壮，茎蔓已经沿花盆垂落下来了。

我不甘心，问儿子几天浇一次水？

儿子想了想，说："好像没浇过几次水，有时太干了，爷爷奶奶帮忙浇点水。"

"你那盆草是不是像被开水烫过一样？"丈夫问我。

"对对对。"我一直描述不出"小可怜"垂死时的模样，难道有人把开水倒进花盆了？

见我疑惑，他解释说："你浇水太多了。"

我不服："浇水还能把花淹死？"

可细细琢磨，我每天总是忍不住要给"小可怜"浇水，我只注意到刚开始它很渴的样子，却忘了即便是喜水植物，过多的水也吃不消。

其实，很多情况下需要忍一忍自己的爱。比如，看到孩子笨拙地系鞋带，假装没看见，给他一个锻炼的机会。朋友需要做出决定，别打扰他，不要急于给出你自己的答案。🎗

"屁股"是量词吗？

同事的孩子端端上学前班，每天放学比较早，常来办公区的角落写作业。

有一天，端端妈看了孩子的作业，马上劈头盖脸训斥孩子。我们凑过去一看，也都笑了。

原来是量词填空题：像"一头牛""一匹马""一条鱼"之类的，端端全部填的"个"，另外还有"一个书""一个灯""一个花""一个衣服"……

在大家七嘴八舌帮端端理顺量词的时候，小家伙一脸不服气："马为什么叫一匹，牛就要叫一头？而羊就变成一只了？还有一辆汽车、一列火车、一架飞机、一条轮船、一艘军舰，凭什么啊？这当初是怎么定的？"

这下办公室热闹起来。

"一杯水、一碗米、一斤油、一张嘴、一口井、一条线、一只狼，没什么道理可讲，老祖宗就是这么定的，你就要这么死记硬背。你必须承认和接受它，这样才对。"学新闻的老赵一板一眼给小家伙上课。

学中文的小孙则更是给孩子讲起"一枝花""一支笔"和"一只鸟"的区别，再给他举了"一轮皓月""一牙新月""一钩残月"的例子后，在场的大人也开始犯晕了。

小家伙的眼睛珠子骨碌骨碌地转："那为啥广告有七

匹狼？"

　　"七匹狼"做了几年广告，生生让许多年轻人开始管狼的量词叫"匹"。

　　老赵晃着脑袋说："孩子，那叫法是不对的。不信，考试你敢填，老师准给你错！"

　　还是学中文的小孙厉害。他说："端端，我告诉你，量词还不止这些。你看，你有一'肚子'的词没法讲出来，他们一'股脑儿'地说出答案，根本不管你几次都插不上嘴。看着你一'脸'的无奈，真成了俺一'桩'心事。嘿嘿嘿，这里的'肚子''股脑儿''脸''桩'都是量词。"

　　"还有啊……"小孙故意拉长声音，"赵叔叔欠了一'屁股'债。嘿嘿，这里呀，'屁股'也是一个量词……" ⊛

肚脐与数学

我真的没有好好想过，人的肚脐为啥长在那里而不是别的什么地方，好像它就应该长在那里。

3岁的木木正在纸上涂鸦。

"肚脐为啥长在这里呢？"听见他自言自语。

我暗自好笑，心想，难道你还想让肚脐长到别的什么地方？

"噢，肚皮上需要一个塞子。"木木自问自答。

哈！这让我想起他小时候有段时间忽然对肚脐眼疯狂地好奇，总想扒拉开看看是不是能看见里面的东西，甚至担心会不会像气球的吹嘴没有绑紧一样，"噗"地一下把肚子里的气漏光。大人总会用吓唬的办法来阻止小孩子的好奇。

静了好一会儿。

"肚脐为啥长在这里呢？"木木再次疑问。

"嗯？怎么还在琢磨肚脐？"我心想。

我悄悄地探头一看，纸上画了一个张牙舞爪的小孩，肚子像皮球一样，圆滚滚的。

"生气的时候可以出出气……"木木还在自问自答。

嘿嘿，怪不得这几天木木总是噘着嘴、盯着自己故意鼓起又放松的肚子出神，原来是在尝试是不是会漏气哦。

我忍住笑，假装看书。

又安静了一会儿。

"肚脐为啥长在这里呢？"木木还在疑惑。

咦，还跟肚脐过不去呢！

"长在这里好看。"木木很坚定地像在说服自己。

我真的没有好好想过肚脐为啥长在那里。一直以来，我都认为它好像就应该长在那里。至于为什么没有长在上下或左右任何一个可能的位置，还真没琢磨过。难道冥冥中，造物主还有别的意图？

过了一段时间，同事一个上中学的孩子问我一道关于比例的数学题。讲完题，我翻看孩子的课外辅导书，在书的右下方有一段话，忽然从数学联系到了肚脐：

黄金分割在建筑学上应用很广，在绘画上也是。比如，人的肚脐所在位置就符合黄金分割原理。

果然有不可思议的道理！肚脐眼恰好就长在 0.618 的黄金分割点上。

哈，现在明白了，肚脐为啥那么美！🈯

鼻涕虫

有没有想过，不生病的时候，鼻涕在哪儿？

你是不是有过这样的尴尬经历：鼻子里忽然多了些东西，一不小心，清鼻涕还会过河！

你刚刚觉得清理干净了，转眼它又冒出来了。

真是很奇怪，好像一下出来许多鼻涕虫和你作对。

有没有想过，不生病的时候鼻涕在哪儿？

鼻涕的成分其实很简单，主要由水、糖蛋白和悬浮在上面的无机盐组成。嗯，小时候大家可能就知道它尝起来有点咸。

平时，鼻涕的作用就是湿润鼻腔，吸附空气中的灰尘和微生物，保证肺能得到干净的空气。

其实，健康的时候，鼻黏膜也一直在分泌鼻涕。正常人每天分泌鼻涕数百毫升，只不过它们会顺着鼻黏膜的运动方向流向鼻后孔进入咽部，随着不知不觉地吞咽返回体内。所以，平时我们看不见鼻涕流出。

但鼻黏膜受到刺激时，比如感冒、遇冷等，就会大量分泌鼻涕，鼻涕虫全体出动，当然招架不住了…… ✿

简单，真的不简单

解决一个问题可以有许多不同的方法。但是，最简单有效的恰恰是我们最意想不到、最不起眼、最容易的方法。

20 世纪 50 年代初期，日本最大的化妆品公司被客户抱怨：买来的肥皂盒里面是空的。

于是，他们为了预防生产线再次发生这样的事情，工程师便很"努力辛苦"地发明了一台价格不菲的 X 光监视器去透视每一台出货的肥皂盒。

而同样的问题发生在另一家小公司，他们的解决方法是买一台廉价的强力工业用电扇去吹每个肥皂盒，被吹走的便是没放肥皂的空盒。

美国太空总署发现，在外层空间低温无重力的状况下，航天员无法用墨水笔写字。于是他们花了一大笔钱研发出一种能在低温无重力下写出字的笔，而俄国人怎么做的呢？猜猜看！

什么，用铅笔？

够简单！

某知名品牌的牙膏，销量下滑。董事会发动全体员工提建议，想办法，收到的点子五花八门，大多是花费巨大的营销策略。

其中有一个点子，让总经理欣喜不已，马上下令奖励该员工 5 万元。

这个点子是这样的：把牙膏嘴直径增加 1 毫米。

哎呀！牙膏在不知不觉中每天被多挤出一点点，使用周期短了，销量自然在增加。

是不是很妙？🦀

别为昆虫的腰围发愁

肥胖已经成为世界性的问题。当人类忙着用各种方法瘦身的时候，昆虫们是不是也要考虑减肥的问题呢？

翻阅了很多资料，就目前掌握的情况来看，我们无须为它们的腰围发愁。

昆虫与人类的生长不同，它成长的主要任务是变形——从卵变成幼虫，从幼虫变为成虫，有的还会经历"蛹"的阶段。

就像人类会经历许多"人生"的重要阶段一样，昆虫们也会不断地面临"虫生"的考验。每次熬过一个关口，昆虫的身体就会发生很大变化。有的会由内而外面目一新，不仅完全变了样子，连习惯性格也会大不一样，专业上称为"完全变态"。而有的昆虫，外表变化不大，称为"不完全变态"。

当然，摄入足够的能量，昆虫也会长大。像蚕，一次次蜕皮，身体也就不断地变长变粗。但它没有时间和精力变得肥胖，因为它的生命里只有不断长大，没有停滞不前的"肥胖"。如果吃得多，它就蜕皮快，长得快，长到一定程度就开始"变态"。匆匆忙忙，根本没有时间变肥。

也就是说，如果昆虫所处的环境优越、食物充足，它就会加快生命周期，更快地成熟、繁衍，使自己的身体尽快地迈向下一个"关口"，这也是它一生努力奋斗的目标。

所以想想看，昆虫如果吃得过多，只会加速生命的过程，而不会被肥胖所困扰。

而人类在大约 24 岁后，身体就基本停止生长。如果摄入过量的营养又不喜欢运动，就很容易累积下来。因此，"腰围"自然就成了人们最关注的话题。

当然，昆虫里的蚁后是个例外。它每天大量吸食工蚁送来的食物，身体肥大，行动艰难，但这是为了繁衍后代。

最有意思的是：

蚜虫拼命吸食植物的汁液，可是蚜虫刚刚喝饱，蚂蚁就跑过来，用触角拍拍它，"老兄，俺还没吃饭呢……"

蚜虫受到刺激，马上排出一滴蜜露。蚂蚁一边喝蜜，一边偷乐，"呵呵，现成的蜜罐啊！"🐜

暧昧的辣椒

我不太能吃辣，但这并不妨碍我对辣椒的喜爱。

在一大堆鲜美可口的水果中间，放几个玲珑可爱的尖椒或憨态可掬的菜椒，单从外表看，辣椒的色彩、光泽、形状一点也不比水果逊色。甚至，习惯了大多数水果的圆滑和甘甜，对辣椒的独特外形和口味更是情有独钟。

那么不禁想问，在这样诱人的外表下，辣椒为什么与众不同地选择了"辛辣"这样一种令人不安的滋味呢？

按照植物学理论，那些能够自己繁殖或借助风力传播繁殖的植物，往往将自己的果实演化成让动物比较厌恶的样子或味道，比如外表丑陋、气味刺鼻、有刺有毒。总之，千方百计达到一个目的：阻止动物掺和自己的繁殖过程。

而另一些植物的想法就不一样，像水果和蔬菜。它们努力演化出诱人的果实外表，颜色鲜艳明亮，味道鲜美可口，谁见了都会涎水长流。好像分明就是在说："请吃我吧，好吃着呢！不信？试一试！"虽然有些挑逗的成分，但这样一来它们的种子就会随着动物的活动被带到四面八方。嘿嘿，还有义务施肥呢！

可是，辣椒的想法似乎与上面都不一样，它到底是希望被吃还是不被吃呢？

如果从赏心悦目的外表看，辣椒活脱脱一副希望被吃的模样。但是，一旦咬开之后马上就会让入侵者受到教训，那种辛辣麻痛的强烈刺激会让动物有种上当受骗的感觉。

这样看来，欲拒还迎的辣椒到底打得什么主意呢？有些猜不透。不过别急，辣椒的这种暧昧性格让许多生物学家也感到迷惑。

有趣的是，辣椒之所以辣是由于其中含有一种叫作"辣椒素"的物质。当辣椒素激活了动物口腔中感受神经末梢的辣椒素受体时，就会引起辣痛的感觉。而如果没有辣椒素受体，就不会觉得辣。比如鸟类，它们吃起辣椒来就不会像我们一样有麻辣的感觉。

有人做过试验：

鸟类吃起辣椒来十分欢快，好像一边吃，一边说："嗯，一点不辣，好吃。"那么，为什么辣椒偏偏讨好鸟类，却拒绝动物染指呢？

这也是有原因的。因为鸟类是直肠子，吃下去的种子会通过消化道很快排出体外，有利于种子的生长。而动物的咀嚼和反复消化会导致种子的繁殖能力下降或丧失。

现在明白了，辣椒用心良苦地阻止动物掺和自己的繁殖过程，实在是不得已而为之。这样看来，动植物无论进化得多么稀奇古怪，从它自身来讲完全是为了更好地生存。

想一想，是不是很妙？ ❀

迷人的花招

不管你是否相信，人类使用的一些小花招，虫虫也会。

一只蜣螂一上午都在努力地滚一个粪球，它用头顶着吃力地上坡，一不小心，粪球骨碌碌滚了下来。它也不气馁，接着往上顶。

一次又一次，上坡，滚下，再上，又滚下……

谢天谢地，终于到了自己的洞门口。

别急，歇口气，反正已经到家门口了。

嗯，去洞里归置归置。

这只蜣螂进去了。

这工夫，旁边一个一直在坡上晒太阳的家伙来了，不由分说，推起粪蛋骨碌骨碌藏自己洞里去了。

第一只蜣螂出来了，好像很纳闷：明明记得自己是费了好大劲推上来一个粪球，怎么转眼就没了呢？

情不自禁地掐掐自己："难道是做梦？"

发了会儿呆，还是想不明白！

算了，这位晃晃脑袋，下了坡，继续重复上午的劳动。

这是从《微型世界》里看来的故事，怎么也无法忘记。那些小小的脑袋里，也会藏着欺骗的花招！

朋友送我几只蜗牛，我找来一个大玻璃瓶，心想，蜗牛待在里面既透亮，又不会走丢。

谁知，两只大一点的蜗牛进去后，一刻不停地往外爬。

　　一只蜗牛努力地攀着瓶壁往上爬，另一只蜗牛探出脑袋拼命拽住这一只的壳。那一只好像发现了异常，用力抖动身子想甩掉身上的包袱，好几次也没有成功，最后只好不情愿地驮着这位继续往上爬。结果，没爬多远，两只蜗牛就一起摔了下来。

　　那只蜗牛仍不罢休，赖在另一只蜗牛的壳上不下来。

　　……

　　蜗牛也知道踩着别人的肩膀往上爬啊？原来，人类常用的小花招，虫虫也会。🐞

世上没有傻问题

有些问题看上去有些傻，可是仔细想一想，又觉得很有趣。

问你几个傻问题：

鱼会不会放屁？企鹅的脚为什么不会冻坏？世界的生日是哪天？胆量大小与胆有关吗？为什么会出现鸡皮疙瘩？土豆的两个祖先是谁？苍蝇为什么不生病？

这真是些让人张口结舌的问题。不过想想如果我现在是学生，估计也没有胆量拿这样的问题问老师。主要原因是这些问题好像很傻，一提出来就会招致哄堂大笑。

所以，当儿子木木不断地问我一些这样的问题时，我总是担心他如果在学校提出这样的问题会造成什么后果，好在他很知趣，这些傻问题仅限于我们之间。

记得有一次大家闲聊，我问周围的同事"鱼会不会放屁？"当时，大家一阵爆笑。笑过之后，却没人能够给出答案。🌑

嘘，别出声！

两岁的小外甥特别喜欢吃花生米。

姐姐小心翼翼地往张着的小嘴里喂了一粒花生米。

一只花猫从竹帘边悄悄溜了进来，循着花生的清香向这边张望。

"猫……"小外甥发出瓮声瓮气含混的童音。

姐姐的注意力被转移了，这是谁家的花猫？院子里好像没见过啊。

就这一会儿的工夫，小外甥突然满脸通红，嗓子里发出微弱的嘶嘶声。

姐姐吓坏了。

那粒花生米在小外甥看见猫的时候，滚进了气管。

经历了心惊肉跳的等待和坐立不安的惊吓，最终医生取出了小外甥气管里的那粒花生米。

可是本来要进食管的花生米，为什么会进了气管？

医生的解释，听得不太明白，但看人家的脸色，又不敢多问。

开始翻一切书，相关的。

我比较喜欢这样一种通俗的答案：

我们平时吃进嘴里的食物会进入食道，吸进呼出的空气则通过气管。我们的嘴长在鼻孔的下面，但食道却长在气管的后面，这样我们进食的通道和空气的通道在咽喉处进行了一个交叉。平时我们机体里有一种反射机制能在进食的时候关闭住气管，不让食物走错路。可是吃东西的时候说话，食物很容易掉进张开的气管。

你也许不相信，在蜻蜓、蜗牛和章鱼的体内根本不存在这些"交通"烦恼，它们体内食物与空气的道路截然分开。而所有的脊椎动物却都有这个"交通"设计上的毛病，作为人，我们也未能幸免，甚至更倒霉，因为说话使这个体内"交通"问题变得更加复杂。

所以，古人有"食不言，寝不语"之说。下次吃饭，记得告诉孩子："嘘，别出声！"

鱼会不会放屁？

木木上小学自然课时，老师讲鱼的习性，木木脱口而出："鱼会不会放屁？"

结果，同学们差点笑塌教室房顶。

其实答案是鱼也会放屁。因为鱼的肚子里也要产生气体，这些气体经过排泄道排出，这同大多数动物是一样的，鱼把体内的废物先用一根"细细的管子"包裹起来，然后再排出体外。这根"细管"内包括了消化过程所产生的所有气体。因此，我们能够看见的就是从鱼的排泄道排出鱼屎，鱼屎或沉底或漂浮在水中，这其中就包含了"屁"。

另外，一些鱼在吞食漂浮在水面的鱼食时，吃进了太多的空气，若不排出这些空气，它们就无法保持身体平衡。海里的虎鲨还掌握一种通过放屁来调节浮力的技巧。这种鲨鱼会游到水面，张嘴含一大口空气吞入胃里，然后通过放屁排出一定数量的气体来使自己保持在需要的深度。

写到这里才发现，孩子才是最伟大的科学家。他们敢于发问，追求真相，反而是渐渐上了年纪的我们，担心别人笑自己傻，越来越不敢问一些问题。

那么，科学家如何证明鱼会放屁呢？

在苏格兰西岸奥本附近的唐斯纳海洋实验室，科学家本·威尔逊和鲍勃·巴蒂博士正熬夜对一缸鲱鱼进行奇怪鱼对会不会放屁?

的测试。他们一心想要确认：鱼是否会放屁？

他们架设好红外水下摄像机，然后盯着鲱鱼直到夜深。他们在黑暗中守了几个小时监视着气流测试仪，终于他们拍到了鱼放屁的录像，气泡从它的肛孔冒出来，还录到了声音。

鲱鱼为什么放屁？

威尔逊和巴蒂把注意力转向了"鳔"，这是鲱鱼用来调节浮力的器官。

白天，鲱鱼群聚在深水中。到了晚上，它们会游向水面，吸入空气重新让鳔里充满气体。或许，鲱鱼把鳔当作水底的放屁袋了。

"录到的放屁次数跟鱼缸里鱼的数量成正比，鱼越多，平均每条鱼放屁的次数就越多。"威尔逊博士说，它们只在聚集时才发出放屁的声音，因此他认为鲱鱼放屁具有某种沟通功能。

"到了晚上，鲱鱼会各自散开。"让威尔逊博士疑惑的是，它们之间如何联系，以便在早上重新聚集？或许它们的联系方法之一就是放屁。🐟

企鹅的脚怕不怕冻啊？

寒冬腊月，大地冻得裂开了口子。即使穿着棉鞋，出去走上一圈，脚也会冻得像猫咬一样疼。

南极的企鹅在冬季长时间踩在冰雪上，它们的脚为什么不会冻坏呢？

虽说企鹅同其他生活在寒冷地区的鸟类一样，都已经适应了寒冷的气候，能够尽可能少地散失热量。但是，它们的脚却很难保暖，因为企鹅的脚上既不长羽毛，也没有鲸脂一类脂肪的防护，而且还有伸展开来相对来说很大的面积，真的很让人担心哦！

不过，科学家做过研究，其实企鹅可以通过两种机制来防止脚被冻坏。

第一种，通过改变向双脚提供血液的动脉血管的直径来调节脚内的血液流量。当寒冷时，减少脚部的血液流量，比较温暖时，又增加血液流量。其实人类也有类似的机制，所以我们的手和脚在感到冷时会变得苍白，当觉得暖和时，则变得红润。这样一种调节机制极其复杂，由脑部的下丘脑控制，需要神经系统和各种激素的参与。

第二种，企鹅在其双脚的上层还有一种"逆流热交换系统"。企鹅向脚提供温暖血液的动脉血管分叉为许多的小动脉血管，同时在脚部变冷的血液又通过与这许多动脉小血管紧挨在一起的数量相同的静脉小血管流回。这样，动脉小血管内温暖血液的热量就传递给了和它紧贴的静脉小血管内的逆流冷血。所以，真正从脚部带走的热量其实是很少的。

在冬季，企鹅脚部的温度仅保持在冰点温度以上1℃至2℃，这样就最大限度地减少了热量散失，同时防止脚被冻伤。

鸭子和鹅的脚也有类似的结构。但是如果把它们圈在温暖的室内饲养，过几个星期再把它们放回冰天雪地里，那么它们双脚贴地的一面就会被冻坏。这是因为它们的生理活动已经适应了温暖的环境，通向脚部的血流实际上已经被切断，此时再回到寒冷环境，脚部的温度就会下降到冰点以下。

你看，环境的影响多么重要！"适者生存"就是这个道理吧？🐧

种子的脾气

乡下孩子很小就会帮家里做保存种子的活。

把南瓜的瓤挖出来，挤出南瓜子，在水里淘洗干净，放在高粱秆编的盖垫或者竹筐箩里晾晒。丝瓜留种应选根瓜，因根瓜结果早，生长时间长，种子饱满，后代结瓜也会早。

小院里的丝瓜可以一直留到秋风飒起，丝瓜瓤的水分完全被风干，摇一摇可以听见种子在里面沙沙作响。

苋菜的种子小得很，直径只有 1 毫米。油菜、芝麻的种子不仅小，也轻得很，拿在手里翻拣时，一不小心就会被呼出的气息吹跑。

北方有句谚语："棉衣不脱，种子不剥。"花生种子不能太早剥开，要等到天开始变暖，精选出色鲜饱满的种子晾晒。

植物千变万化，它们的种子也各有各的脾气。

有些植物的种子，外表非常漂亮，从进化角度解释是为了吸引鸟雀吃下它，从而被带到四面八方。没被消化掉的种子被鸟雀排出后，表面留有小的损伤，更容易发芽。比如，蓖麻的种子就有漂亮的暗花，顶部油油的；拥有漂亮外表的樱桃和野葡萄也能吸引鸟雀啄食从而传播种子。

有些种子带钩或带刺，可以挂在动物身上被带走。比如苍耳、牛蒡的果实上都生有小倒钩。羊、骆驼等动物身上很容易粘上这类种子，从而被带到各个角落再次落地生根，生长繁衍。

豌豆、芝麻、非洲凤仙、羊蹄甲等植物的果实成熟后，经过连续的曝晒，只要轻轻一碰，果实就会裂开，借着果皮反卷的弹力将种子弹出。我们熟悉的油菜种子就是通过弹射的方式进行传播的。在果实成熟时，壳会突然爆裂，同时使种子弹射出去达到传播的效果。

蒲公英的种子是利用风力传播的。这类植物还有柳树、芦苇等。

辣椒的辣味来自一种香草醛——辣椒素。辣椒产生辣椒素很可能是为了防止果实被哺乳动物吃掉，因为哺乳动物有着扁平的牙齿，能够嚼碎种子。

鸟类无法感知辣椒素，能轻松地吃掉辣椒，而且它们通常没有牙齿，能让种子完好无损地通过消化道。辣椒的种子随鸟类的粪便排出，就得到了广泛传播。

你看，种子的脾性不同，传播方式各异，再次生长的机遇也不尽相同，就像生来就禀赋不一样的小孩子。🌾

你愿意帮我点亮灯吗？

我说，别再用"妈妈和女朋友同时掉河里先救谁"这样老掉牙的问题为难男朋友了。现在，有个更好的科学问题来考验一下他。

据说要试试一个人是不是真对你好，只需要问问下面这个问题：你能为我发 1 度电吗？

估计很多人都会不假思索地答应下来，可是能不能做到就不知道了。

你觉得呢？不信，来看看。

故事是这样的。

假如我生活在一个遥远的地方，没有自来水，也没有电，但我有一个 100 瓦的灯泡。你能帮我把灯泡点亮吗？能为我发 1 度电吗？

就 1 度电，可以吗？

不就 1 度电吗？有什么难！

孩子们跃跃欲试。教室里有一个手摇发电机，一名男同学跑上来现场演示，没想到摇起来非常吃力，一会儿就满头大汗。

这时候，老师告诉孩子们：

1 度电 =1 千瓦·时。也就是说，一个手摇发电机，一个人摇 10 个小时，还不能完全点亮 100 瓦的灯泡，即发 1 度电。

现在，你要不要继续坚持为我发 1 度电？

或者，1 度电只要 10 美分，我给你 10 美分，你愿意帮我摇 10 个小时来点亮灯泡吗？

孩子们笑了。

笑完之后，沉默了。

这是国外公开课的一个电学小实验。

我们 1 度电是 0.52 元，我给你 0.52 元，你肯为我摇 10 个小时来点亮灯泡吗？

你看，一个灯泡，1 度电。你答应过为我点亮灯泡，你能坚持摇 10 个小时为我发 1 度电吗？

许多年后，当年教室里的孩子们也许会淡忘许多事情，但"1 度电"带给他们的影响和思考会永远留在记忆中。

就如那位老师课堂上所说："也许你们会在一瞬间喜欢上物理。"

而我，不仅喜欢上物理，也喜欢这位幽默可爱的白头发老师。🎀

放手

世界在邀请他们，他们想试试自己的斤两，他们摩拳擦掌、跃跃欲试。能不能让他们豪情万丈冲锋上阵，而你只做一个安分的啦啦队员？

和大多数人一样，在孩子小的时候巴不得他多睡一会儿，自己多玩会儿。现在，打拼累了烦了，蓦然发现那个让你牵手，让你拥抱，让你牵肠挂肚的小孩，转眼间成了一个充满活力的少年。

终于可以有大把的时间重新过日子，却发现错过了他童年或少年的很多经历。

我知道从现在开始这样的镜头会不断重复：

一次又一次，在机场看着他的背影在人群中穿插，默默地挥手，看着他头也不回坚定地闪进关口，消失在人海。

我知道，他将面对一个多么不一样的世界，他的眼睛热切地望向远方，全力奔向他人生的愿景。

我知道他一路奔去的前方会有很多意想不到的痛和伤，我牵挂但却无法安慰。也许每一次受伤都是他人生的必修课，我只能不动声色地看着他跌倒，然后一直一直地祈祷让黎明的第一缕阳光照过来，照亮他受伤的心，照亮他前行的路。

我猜想，也许有一天走到世界天涯海角的他，会回头深深注视他长大的城市、房子、窗子。那时，我的心中会满是欢喜。在你跨越大海远走高飞之前，在你放浪天涯的漂泊路途上，心中会有一个永远不变的"村子"——你的家，等着你，接纳你！

现在，是得往前走的时刻，但是要知道你从哪里来。

我希望自己会是一名合格的啦啦队员，不断注视追寻他奔跑的身影，献上自己有节制的欢呼。🌸

岁月的鸡毛蒜皮

所谓父母，是那个看着孩子的背影一次次远离，想追回拥抱却又不敢声张的人。

翻看六七年前的照片，木木还与我勾肩搭背，无话不说。他甚至还常常用些小伎俩，踮起脚尖努力使他自己看起来跟我差不多高。或者用一些答案出乎意料的脑筋急转弯试探我，搞一些虚张声势的课文分析吸引我的注意力，甚至弄一些漏洞百出的论题蛊惑我与之辩论。

我发现自己常常被他别有用心地利用，原来那些我很认真地与他周旋的时间，其实都是他用心策划的。

我们会为一个历史或政治问题唇枪舌剑，像真正的对手一样互不相让，却又突然偃旗息鼓。当然，借口是不想邻居以为我们在吵架。其实往往在争辩的过程中，我会突然发现自己滔滔不绝的论证露出了马脚，趁自己还没被对方揪住辫子，马上鸣金收兵。

这种时候，为了掩饰，我总会说："嗯，你说的也很有道理，我要思考一下，以后再跟你讨论。"这种时候，木木总会很给我面子："怕你这种人争论起来就生别人的气，今天就到此为止！"

现在想来，我们在一起分享彼此的心得，讨论问题，或者争论观点好像都发生在饭桌上，或者我在水池边洗漱的时候。木木说，那时候的我注意力会从黄瓜、土豆忽然就蹦到社会现实。

现在，木木就要去很远的地方奋斗了。想想那种朝夕相处的日子会成为过去，今后的岁月我只能是观众，远远地看着剧情发展，不管故事是否符合我的想象。

离开父母的羽翼，才能更好地展开自己！ ❀

想念吹吹

我从远处的梦里，醒来。

看见月光，斜在墙上。

谁都不能挽留月亮流淌的光芒和没有走远的时光。

依稀看见童年的灯火，在薄雾中隐约闪现。感伤和期盼，发自肺腑，如夺眶而出的泪水一样真切。

为什么，你我只能是童年过客？

那一路上的欢笑和泪水，像吉普赛人收起帐篷悄然离去，不留痕迹。

答应吹吹，给童年留一些想念的时间。

睡不着，我开始想念吹吹。🌸

你已经上路了

穿过稻浪起伏的田间小路，走在落叶满目的林中小径，跻身川流不息的城市街道……我们生命中的许多时间是在路上度过的。

你已经上路了，就不得不被远方牵扯着脚步。有时，我们其实并不清楚自己急切地奔走是为了什么。最初可能只是为了寻找梦中的一片萤火，一只断了线的纸鸢，后来天色和风向成了我们的话题，生存和名利是我们不得不关心的字眼。

我们可能很快就找到了曾经梦想的一片水，水边有无边的蒲苇和成群的野鸭。我们惊喜而满足，很快我们又莫名地失落，我们要的好像不是这种生活。于是，我们拔腿奔往另一个方向。

岁月在一次次急切奔走中流逝。我们仍然两手空空，拖着疲惫的身子，望着夕阳下起伏的稻浪，我们惊讶地发现，我们内心一直渴望的其实只是一些简单的事情。

那就是在暖暖的阳光下，放慢匆忙的脚步看看平时被我们忽略的花草，听听风掠树梢和鸟雀振翅时的声音。而这一点，我们随时都可以做到。

是在匆忙中忽略了内心对平凡的渴望？还是我们自己无情地把原本简单的生活弄得更复杂了？ ☸

（原载 2005 年 3 月 3 日《中国税务报》）

梦想，就是做梦也在想

许多科学家在苦苦思索着无法解决的难题。有时，想着想着，睡着了……而科学上的一些重大发现，也就在睡梦中悄悄地来临了。

1921年复活节前的夜晚，奥地利生物学家洛伊从梦中突然醒来，抓过一张纸迷迷糊糊地写下一些东西，倒下去马上又睡着了。第二天早上6点，他突然想起自己昨夜记下了一些极其重要的东西，赶紧把那张纸拿来看，上面尽是些怎么也看不明白的乱七八糟的符号。第二天凌晨3点，逃走的思绪又回来了，他赶紧起床冲进实验室，用梦中顿悟的实验设计方法验证了自己17年前提出的假说"神经冲动的化学传递"。它开启了一个全新的研究领域，洛伊因此获得1936年"诺贝尔生理学或医学奖"。

还有一个梦发生在1869年2月，35岁的化学教授门捷列夫苦苦思索着一个化学问题。当时已经发现了63种元素，这些元素中是否存在某种规律，使元素能够有序地分门别类、各得其所？带着问题的困扰，他在疲倦中进入梦乡。在梦里他看到一张表，元素们纷纷落在合适的格子里。醒来后他立刻记下了这张表的设计理念：元素的性质随原子序数的递增呈现规律的变化，这就是著名的"化学元素周期表"。

德国化学家凯库勒在打盹的幻觉中，发现了曾让科学家们一筹莫展的苯分子的环形结构式；美国人埃利亚斯·豪从一个恐怖的梦中得到启发，发明了工业缝纫机的曲针；笛卡尔在一个非常生动的梦中想象到数学与哲学结合的一种方法而成就了一个新的学科；马西亚斯在梦中发现了许多超导体……

剑桥大学的一份调查资料表明：有70%的科学家在睡梦中从突然的启发和非理论的思考中得到过帮助。其实这并不是主张发现必须求助于梦，而恰恰是科学家们在致力于研究的过程中，那种被梦想点燃的激情所激发的奉献一切的精神，那种不懈努力和勤奋思考在睡梦中也在做与他们工作有关的梦，才出现的智慧闪现、思维飞跃和创造灵感。

每个人心中都有梦想，也许是终其一生也难以实现的人生大梦，也许只是事业之外的生活小梦。一项调查显示，只有15%的人有达到梦想的具体步骤，也就是说85%的人只是想想而已。其实不管梦想远大还是渺小，你每天是不是都做一点点离梦想更近一步的事？

梦想只把机会留给那些做梦都想，一心想赢的人。🈵

我好像告诉过你

你也许忘了，看上去很近的两颗星星实际上隔着无法想象的遥远距离。

我好像告诉过你，在一个不很晴朗的天气。

我说，如果下雨，你要到最近的地方躲避。虽然淋湿点也没什么要紧。

可你问我的不是天气。你说，有没有人知道受伤的心到哪里去避雨？

我确实告诉过你，想哭就大声哭泣，豁出去又会有什么关系？谁还能把心哭碎……

可你问我，会不会有人听见爱情在转身后低声哭泣？

我好像告诉过你，这世上没有逾越不了的距离，只要你一直走下去，总会有一天到达自己的目的地。

可你问我，你和她近在咫尺，为什么却面无表情，在各自的岁月中老去？

我好像告诉过你，不是自己的东西不要去争取。有些东西拿是拿得起，放下却没那么容易。

可你问我，为什么当初只是匆匆一瞥，那寝食难安的感觉就来得那么轻易？

我不知道该怎样回答你的问题。你说，一切只缘于一个完全陌生的人，怎么会让你感觉到许多熟悉的东西？也许你拼命地想也不知道曾相遇在哪里？那熟悉的声音可是来自儿时的梦里？面对一张陌生的面孔，为什么会唤起久远而熟悉的回忆？

我只能说，你们相遇在不恰当的时机，各自有不同的生活轨迹。似曾相识是因为你们隔着无法交谈的距离，一旦如愿地走到一起，一切可能会平淡无奇。不属于自己的东西不如就放在那里，在心中留一段珍藏的距离，一回眸就能看见，一低头就会想起。但不会再有舍弃的绝望和追寻的固执，因为唯有这样，你才能长久地在心里拥有一段不会变质的美丽…… 🉐

爱不会死，人会

一觉醒来，正是夜半时分。恍然中发现梦中的一些朋友，不知什么时候从我的生活中走失了。

就好像小时候一群人说好了一同去玩，哥哥在前面拎着马灯，后面的人在田埂上一溜排开，我睁着迷离的眼，看着刚浇完水的稻田里无数晃动的星星。走着走着，不知怎么就剩下我一个人和一片悦耳的虫鸣！

其他人不知走到哪里去了，不知道是我不小心把他们从我的生活中弄丢了，还是他们不知不觉走出了我的视线。

那些依旧被我怀念的朋友，早已不知下落。我无法把我的思念讲给他们听，不知道他们会不会在某一个瞬间，也会想起我们一起度过的一段时光？

许多年来，我们急于在各自的目标中奔走，回身四顾才蓦然发现生活中一些曾经让我们感动和眷恋的人，有些我们以为会永远伴随左右的人，在我们还没有做好准备的时候，一下消失在人海中，让我们失去表达真情的机会。

阿珍就是。

阿珍和乔是一对无话不谈的知己，10年前因一件小事分手。碍于面子，谁也不愿向对方道歉，尽管在心里他们早已原谅了对方。后来阿珍在一次车祸中丧生，遗物中有一封10年前写给乔的信，信里只有下面几行字：

　　"也许，要等到 30 年后，你才会说一声：'没你，真不行！'那时，我依旧会湿了脸。谢谢你，没有留到抚棺痛哭时才说这句话……"

　　乔无比痛悔。

　　我们很多人像乔一样，忘记了生活的忠告：爱不会死，人会！🌸

谁不想，远走高飞

　　谁不想远走高飞，像晨风中振翅的小鸟，难以掩饰雀跃的心情；像飘摇的纸鸢，被匆忙的风带到空中。天空宁静高远，尽可以在这苍茫的云天里飞，带着对往事的感念和沉思。

　　只是，到哪里寻找能拍动的翅膀？哪里有推动我们翱翔的劲风？

　　谁不想摇身一变，像春天里庸倦的枯枝，转眼间展开绿色的叶片；像阳光下弱小的蛹，悄然蜕变成飞舞的彩蝶。

　　只是，在哪里错过了唤醒我们的春风？是什么牵绊着我们远行的脚步？

　　谁不想一吐为快，让所有的回想和隐痛，像夜幕下潺潺的河水奔走而去，给心灵一次多么好的洗涤。

　　只是，在哪里我们丢失了最初的生动和纯朴？是什么阻止了我们吐露心声的冲动？

　　谁不想萍水相逢，让奇妙的缘分像殷勤的藤萝恣意爬上寂寞的窗台；让似曾相识的路人在连绵的秋雨中迟疑地叩响湿漉漉的大门。

　　只是，谁知道你就是那故事中冥冥的主角，如何把握擦肩而过瞬间注定的机缘？

　　谁不想水落石出，让失意和落魄随着天光云影掠过水面，在平淡琐屑的生活中终有一个扶摇直上的机会。

谁不想守口如瓶，将过去的爱恨与追悔、不舍与无奈深深藏起。

谁不想不动声色，让波折和忧愁过眼成烟云。

只是，谁知道那些早已隐没的心绪，会不会在春分刚过的斜阳下，在深夜细密的秋雨中，在一阵心跳中突然出现呢？

谁不想忘情于尘世，在平淡而漫长的岁月里让自己一再相信，我来到这个世界上就是为了认识你，就是为了分担你的愁苦。

只是，不知道一同前行的你我是否怀揣着无言的幸福，蹒跚的背影里是否留存着无言的牵挂和感动？

谁不想席地而坐，像山坡上随意蔓生的草木一样，不必在意天色和风向，无须整理表情和体态，不妨摇曳着一头茅草，在和暖的草色中迷失。

只是，哪里能找回我们平静的笑容、放松的神态和真挚的心声？谁能伸手替我们背起行囊，把我们引回年少无忧的时光？

谁不想风雪后春暖花开，失败后卷土重来？

谁不想在告别人生的最后时刻，收拾好行装，让天空

专为自己张灯结彩；在浩瀚的星空下，静静地回首，不必
问曾经，不用再追怀！

　　谁不想，什么也不想，静静地，任由那颗平和的心，
引导我们的行动……🔖

不起眼的沙子

在一场现代沙漠马拉松大赛开始之前，队员们进行了充分准备。因为要走 242 千米穿越撒哈拉沙漠，所以他们的装备既有先进的 GPS 导航仪、夜间行走辨识荧光棒，还有备用电池、手机、各种能量食品和饮料等。可以说，针对可能遇到的各种情况进行了周密的准备。

但是在比赛的第二天，就有一个小伙子的脚趾全部坏掉，还有一位女选手的脚开始感染被送往医院，只有一位名叫柯林斯的业余选手出乎意料地顺利到达。

原来，这两名队员忽视了不起眼的沙子。小伙子运动鞋的鞋衬里进了沙子，比赛的第一天就把脚趾磨伤了。女选手的脚肿了以后，因为没有准备大一号的鞋，根本无法穿进鞋。而柯林斯事先考虑周全，为防止沙子进入鞋内，他定做了一副专门的护腿，就是类似鞋套的东西，用双层降落伞绸做成长达小腿的筒状袜子，套在鞋子外面。结果，他击败了那些极限运动老手和奥林匹克运动员，成为一名最终获胜的业余选手。

其实生活中许多事就是这样，往往最不起眼的事恰恰造成了最大的伤害。古人早已有"千里之堤，溃于蚁穴"的警句。

前两天读到一个妙句：你可以坐在大象背上，但你能坐在针尖上吗？

让我们无法走远的，可能恰恰是一粒沙子。

所以，在你着手做一件事之前，别忘了一些细微的因素，要像柯林斯一样，把沙子也放在眼里。🔖

好时光，莫辜负

黄大妈来美国前不懂英语，光认识人名就让她大费脑筋。什么杰克、弗兰克、亨利、杰瑞、杰弗瑞、玛丽，更别提日常用语啦！

不过，黄大妈属于积极的人。她很快就能熟练地说一口流利的 Chinese English。

每天早晨，见到学校公寓里住的教员，她都抢着打招呼："给个毛驴骑骑！"（Good morning teacher！老师，早上好！）

当然，如果是学生，她就只肯说"给个毛驴！"至于人名，大妈在小纸片上的发音注释让同学们笑得满床打滚。

亨利、杰瑞、杰弗瑞、玛丽的名字是这样注解读音的：Henry ——很累；Jerry ——姐累；Jeffrey ——姐夫累；Mary ——妈累。

确实，生活节奏这么快，劳累是必然的，大家都不容易。

杰克、弗兰克、杰森的名字分别是：Jack ——接客；Frank ——不拦客；Jason ——贼孙。

米歇尔、米切尔的名字更干脆：Michelle ——没歇啊；Michael ——没吃啊。

看看，就像街坊邻居打招呼，多好记啊！

托尼、维尼、雷尼、哈妮的名字被注解成：

Tony ——拖你；Winnie ——喂你；RainniIe ——累你；Honey ——害你。

就这样，大妈很快就把老外的名字记得烂熟。

为了防备急用，大妈特意记了一些实用的词汇，它们的读音简直太形象了。

救护车 Ambulance ——俺不能死；警察 Police ——怕你死。这一对单词瞬间让人对大妈产生敬意，简直是神翻译啊！

一天三顿饭，英语词汇也是少不了的。

鸡肉 Chicken ——吃啃（又吃又啃）；鱼 Fish ——费事（有刺吃起来当然费事）！

当然，大妈现在还学会了一些高大上词汇的读音，比如经济 Economy ——依靠农民；新闻 News ——牛死。

你看，幽默又形象的记忆法，让人对大妈刮目相看。

有一种人打得败时间，我觉得黄大妈就是这样的人。🈶

跟随勇敢的心

　　过日子的人会发现，再好的东西也放不住。你来不及一饭一蔬地计算，米饭剩下了，菜叶开始发黄，苹果发蔫，葡萄皱缩，土豆发芽，啤酒过期⋯⋯

　　不同的是，这些东西变坏之前，阿南把它变成了米酿、果酱、葡萄酒、薯片、洗发液。而这个戏法无非是在时间中加了一点点"酒曲"，一些"火候"，一把"白糖"和一点怜惜。

　　最重要的是不忍看时间把美好变坏的怜惜之心吧？悠悠的期许，一个挽回的手势，让原本只可辜负的时光，没有虚掷。

　　那么，时间将怎样对待你我？也许这就要看我们用什么样的态度期许自己。

　　美国剧作家怀尔德写过一个故事：

　　天使恩准一个女孩返回人世，她可以在一生近万个日子中任选一天，去回味一下。

　　她挑了 12 岁生日那一天。

　　12 岁，啼声未试，还没有惊动一草一木，还没有开始乱麻一样的人生，一切刚刚好，是值得回味的时刻。

　　然而，她失望了。

　　妈妈在那个清晨仍然忙得脚不沾地，家人根本没时间多看她一眼。穿越迢迢华年飞奔而来的女孩禁不住哀叹，这些人活得如此匆忙，如此漫不经心，仿佛他们能活一万年似的，他们糟蹋了每一个"当下"。

正如任贤齐那首歌唱的一样：一波未平一波又起，一波还来不及，一波早就过去。

最后，每朵云都下落不明。时间也是这样！恣意放肆也好，谨慎珍惜也罢，最终都是一样。回头的时候，总会觉得大好的时光到底还是被自己浪费掉了。

天地悠悠，我却只有一生。

所以想告诉自己，一定要有受伤的勇气，无畏地面对险恶，去光荣地受伤，去勇敢地治愈自己。活着，就要活到敞开胸怀，袒露赤诚迎接明枪暗箭。我情愿伤痕累累直到生命的尽头，也不愿俯首听命，苟且着用一份老成和炎凉的世情周旋。

我对自己要求这样的忠贞和诚恳，要求这样的美和庄严，不允许自己有一点点狼狈。就如我爱落花枯叶，爱的是那份饱尝风霜摧残却尽力维持的生命尊严。

年轻过，恋爱过，穷过，富过。

生病过，哭过。

这样就很好！

以后你会明白，一切都好，一切都顺着时光不断向前，一颗勇敢的心，一份不怕受伤的勇气，那种感觉，那种朝着一个方向疯狂奔跑的感觉，真好！🀄

你没看见你自己吗？

好不容易把线穿进针眼，笨拙地走了两针，一下扎进了手指，疼得直吸气。

在一旁闷头拆装玩具汽车的儿子问："你怎么自己扎自己呀？"接着，他开玩笑地用手比画着我的眼睛，"你没看见你自己吗？"

我一时语塞。

其实很多时候，我们眼里看到的都是身外之物，对自己却视而不见。

闭上眼睛，脑海里是拥挤的人影，他们的容貌无声地在眼前逐一浮现，但我从来想象不出我自己的模样。

在镜子里凝视自己片刻，闭上眼睛，脑海里依然只有一个模糊的人影，我不能确认那个影子是谁。我尝试过许多回，越是努力捕捉，影像就越模糊。我一直不明白大脑何以能够拷贝周围的许多人，喜欢的或讨厌的，却独独无法拼凑自己？

也许周围的人和事直接影响着我们的情绪，在大脑的理智沟回中留下深深的印记。情绪和记忆建立了联系，而我们自己只是一个被动的受体，只能不停地与那些造成困扰的失望、无奈、愤怒等情绪周旋，看着在冲突中挣扎的另一个自我面无表情。

其实，在距离之内看得很清楚的东西，一旦放到眼皮底下，就会一片模糊，太远或太近，所能看见的东西都会产生疏离感。我们不能很好地了解自我，就是源于这种"近视"。

花一点时间，听听自己内心真实的声音，调整好自己的方向，目送自己一程吧！ ⑳

把生活过成你想要的样子

"如果我能重活这一生，我要尝试犯更多的错误。"一位 85 岁的老人这样说。

这是"只能说一句"留言征集中，最让人心惊的一句话。

也许，他想说的其实是这样的心里话：

如果可以，我必须允许你看到的"我"和真正的我不一样。

我不会那么刻意追求完美，处事不会像这次那么精明。其实世间值得去斤斤计较的事少得可怜，我要多休息，随遇而安，我会更疯癫些，也不那么讲究卫生。

我不会那么自作聪明，其实这世界上有好多简单而我却不懂的傻问题。比如，鱼会不会放屁？企鹅的脚为啥不怕冷？苍蝇为什么不生病？肚脐长哪儿更好看？很傻却很有趣！

可是你知道，我就是那种一天又一天、一个钟点又一个钟点，过得小心谨慎、清醒合理的人。对我而言，"生活只是画布上，一只永远不会流泪的眼睛；一段永远看着，绝不会忽然掉过头去的爱情；一颗因为爱，熄灭了的心。"

如果可以回到过去，我必须明白我看到的世界和世界试图展现给我看的，不一样。

我不会再那么想当然，试图告诉其他人世界就是什么样子的，不会教导别人应该如何去看世界，更加不会期待别人刚刚好看到了我看见的世界。

我会如实地接受自己，接纳满心的苦与乐、漫天的尘与花。我不会把自己当成标准答案去测试这个世界的生动。

如果一切能重来，我会像一只树熊安安静静地坐在树枝上，发一会儿呆。我会慢半拍，静半刻，没有什么事情急着要做，没有什么地方一定要去，没有什么时间一定要追赶。

我要享有更多那样的时刻，每一刻，每一分，每一秒。

如果一切能重来，我要在早春赤足走到户外，在深秋彻夜不眠。我要在星空下放声歌唱，我要多看几次日出，跟更多孩童玩耍。

只要，人生能够重来。

如果能够接受自己不那么完美，如果敢于承认自己并不那么高明，如果肯放弃自己固有的成见，如果能觉知自己的局限和狭隘。

但是你知道，不能了。

就好像人们相信春天最后总是来临，但是使人心惊的是它差一点儿就来不了啦！

一生的光阴，犹如那满满一竹篮子水啊，提起来，想看看究竟时，才发现有去无回。

如果，

我是说如果，

这是我的《留言本》里的故事。🌸

让别人先出发

大凡比赛，出发的时候大家都争先恐后。但最后的结果往往是，先出发的未必最先到达。

坦诚地讲，如果不是百米冲刺，而是像马拉松一类的比赛，我希望我是最后一个出发的。我不希望在一开始就因为拥挤而受伤，我宁愿赶超别人，也不愿被别人追赶。

这两种状态下，人的心理是大不一样的。

赶超别人，前面有一个目标，他时刻激励着你，影响着你，激发着你的潜在能量。那个活生生的目标就在不远的前方，盯着他的背影，从内心会产生一股巨大的力量，帮助自己咬紧牙关，全心全意坚持下去。目标就是一个对手，一个激发你内心斗志，引领你不断向前，并产生超越他、打败他的冲动。

如果你喜欢看自行车越野赛一类的体育节目，可能会找到这种感觉。

被别人追赶就不一样了。你前面没有目标，背后有一大群追兵，你看不见你的对手，却时刻担心从你背后杀出的"黑马"。从心理上讲，你是处于惶恐不安的境地。既要全力向前，又要时不时环顾左右，权衡自己是以现在的速度领跑，还是加速甩开身后虎视眈眈觊觎自己地位的一大群追兵。而且越接近终点，这种焦躁不安的心理就越强烈，毕竟谁都不想功亏一篑。

所以，当第一的人最怕在最后时刻被别人抢先。而恰恰是这种心理，不断分散领先者的注意力，使他最终精疲力竭而败北。

在马拉松比赛中，可以看到这样的画面：一直领先的那位选手，为了保住全程第一，已经拼尽了全身力气。但是在接近终点的一刹那，一直在他背后的人轻松地超越并率先到达终点。

其实，我们没有必要永远当第一。你完全可以把过程中的第一让给别人，而自己紧盯目标，全身心投入，去争取最后的辉煌。🌸

没有一艘船能像一本书

上小学的时候，我们班有个女孩叫小兰，她的父亲是连里的指导员，这是我们这些孩子当时所能见到的最大的领导。

小兰不仅因为有一个好爸爸而骄傲，让所有孩子更为羡慕的是，她拥有一个一捏就能发出声音的卷发洋娃娃，还有一个只有橡皮大小却无比神奇的小镜子和一个塑料小人。只要小镜子在小人旁边一移动，小人就会转圈跳舞，它就像故事里仙女的魔法一样迷倒了全班的孩子。后来，我才知道其实是两块磁铁的作用。

当然，小兰还有七八本故事书和一堆连环画。不过，小兰从来不看书，她的课外书只是用来向同学们展示的。我知道她有多少书，书名叫什么，但从来没有机会了解其中的故事内容。小兰上课的时候总在摆弄她的各种玩具，下课不写作业，考试从来没有及格过。

临近期末的时候，有一天课间休息。小兰突然来到我面前："你想玩我的玩具吗？"

我坚决地摇摇头，虽然洋娃娃和魔镜对我很有吸引力。但我没忘记每天上学前妈妈的叮嘱，不要多说话，不要惹事，否则爸爸会有麻烦。

"那你想不想看我的书？"想啊，当然想，做梦都想，可是我不能说。见我不说话，小兰接着说："只要你每天帮我写作业，考试让我抄你的答案，我的书你想看哪本就看哪本。"

我想了想，如果不帮她写作业，我爸肯定有麻烦，所以我点了点头。她马上从抽屉里拿出她的课外书让我挑，我选了一本《安徒生童话》。那天晚上，我点着煤油灯趴在被窝里一口气读完了这本书。

"天冷的可怕极了，飘着雪，开始黑了下来，夜来到了。这是一年中的最后一个晚上，除夕。在这寒冷中，在这黑暗里，一个贫穷的小姑娘走在街上……"这些句子把我带到了一个冰冷的世界，我看见小女孩一根接一根地划着了火柴，看见了可爱的圣诞树，看见了温柔慈祥的老祖母，看见她们飞了起来，没有了寒冷，没有了饥饿，没有了恐惧……

对于一个八岁的孩子来说，书就像旅行家的一块魔毯，把我带进了一个有眼泪也有欢笑的新奇世界。

我用替小兰做作业的方式读完了《格林童话》《安徒生童话》《列那狐的故事》等国外著名童话，还有当时挺有名的儿童读物《长白山的故事》。

我改变了自我封闭的性格。课余时间，我开始给班上的同学讲故事，连从来不看书的小兰也听得津津有味。后来，她又拿来了《苦菜花》《高玉宝》《红旗谱》《红岩》等书。我囫囵吞枣地读着这些书，有些内容似懂非懂，在给同学复述书中故事的时候，我自己好像经历了故事中的一切。

我最喜欢的是浩然的《西沙儿女》。他用诗一样的语言娓娓道来，咸湿的海风、夜晚的潮声、嬉戏的浪花、光着小脚丫的阿宝……

我从这本书开始对诗歌散文一往情深，开始对大海浮想联翩。虽然当时我生活在离大海有几千公里之遥的地方，但这一点也不妨碍我信马由缰的想象。

我喜欢美国一位诗人说的话：

没有一艘船能像一本书，也没有一匹骏马能像一页跳跃的诗行那样，把人带往远方。🏮

这是你的人生，你自己说了算

"我也想成为伟大的人，可我妈妈喊我回家种田。"这个刚上初一就准备辍学的孩子，面对支教老师的疑问，低着头说了这样一句话。

如今，这个孩子长大了。老师偶然在电视台的一个创新发明节目中看到了他，有着7项新型实用专利，是一家大型机电企业的高级技师。

不可思议是吧？他在采访中坦陈了自己的经历。

原来当年辍学后，因年纪小、个头矮，干起农活很吃力，他开始琢磨让农具用起来更省力的办法。农闲的时候，他去县城的农机维修站看别人拆装、维修各种农具，回家后画在纸上慢慢琢磨其中的门道。农机站忙的时候，他就待在师傅旁边，师傅一伸手，他就准确无误地递上需要的工具，结束后就一言不发地离开。时间一长，师傅对他产生了好感，开始教他如何看图纸，怎样找到问题以及一些基本维修技能。

后来，一家机电企业招工，他被优先录用。这些年他先后取得了自动剥皮机、自动装卸卡等7项实用专利。

"我也想成为伟大的人。"这个孩子当年的话其实就是他人生的伏笔。不得不向现实生活低头认输的时候，他选择了辍学。但离开学校时说出的话，说明他没有忘记自己想要什么。投入繁重的体力劳动之余，依然可以看到他想好好生活的诚意，去学习，去讨教，去想办法让繁重的劳动省些力气。

生活中唯一的英雄主义，在于是否甘于投入生活的精神品质。重要的不是生活本身，而是面对人生的态度。

在我看来，这个孩子之所以能成器，是因为他一直在栽培自己。辛苦的农活之余，他把时间都投入了学习维修技术，自己耕耘，自己收获，自己一点一滴积累，才有了后来的所谓"幸运"。

可以想见，一个小学文化的人，在学习和发明的过程中会遇到多大的困难。他是怎样一步步走过来的，我们不清楚，只看到后面的结果。但却证明一个道理：决定我们成败的不是外部环境，而是我们对于自身的信念和追求。对自己有要求的人，过得都不会差。

这个孩子的经历总让我想起蒙田引自一位古代水手的话："哦，上帝！你要救我，就救我；你要毁灭我，就毁灭我。但我时时刻刻把持住我的舵。"

其实，生活不难，难的是怎样生活。

我认识一个孩子总是郁郁寡欢，自嘲文化低，遇到稍微难做一些的事情，哪怕是让他用豆浆机打个豆浆都摇头说不行。又没让你开飞船造火箭，你咋就不行了？文化低咋啦，比你优秀的人都在不断学习，你就不能充充电？现在的学习机会这么多，各种免费课程网上都能找到，比如慕课（MOOC）社区、新浪免费公开课，以及从清华大学、北京大学到哈佛大学、斯坦福大学，国内外名校免费公开课都有。除此之外，连健身、化妆甚至做个布娃娃都有教程，你想学啥学不会？

世上没有免费的午餐。其实，哪怕是运气，也是一个人通过不懈奋斗和努力邀约而来的。每个人都有自己的选择，无论选什么都无可厚非。但是你自己的人生，谁都可以旁观，唯独你自己，不能甩手撂挑子不干。

总要把门开着，让生活进来，对不对？

通过自己的努力，去决定自己生活的样子。在任何环境里，人们至少还有一种自由，那就是选择自己的态度。世界上最伟大的事，是一个人懂得如何做自己的主人。

未来的你，想要怎样的人生，你自己说了算。⚘

写在万家灯火时

在拥挤不堪的城市里，在攒动的人群中，我们时常感到孤独、凄凉、困顿与无助。我们不再有天真无邪的笑声，不再有无忧无虑的闲暇，不再有仰看云天的兴致，不再有轻松愉快的脚步……

匆匆地每日奔走在生计、事业、应酬、纷争之中，在来来往往的人群中，在努力做出的寒暄与笑容后，在推杯换盏酒酣之际，我们时常感到很疲惫、凄清与孤独。

我们的心中涌起阵阵诉说的冲动，那么多逝去的岁月啊，那么多无言的心事，都告诉给谁呢？我们的心流落在街头的风雨中，望着夜空下闪烁的万家灯火，一种举目无亲的感觉油然而生。我们可以很容易为身体找一个栖息之处，却不知如何让心安顿下来。

我们禁不住问自己，在熙熙攘攘的人群中，为什么依然感到孤独？在长长的假日后，为什么身心更加疲惫？为生活奔走劳累时，我们渴望有片刻的小憩，闲下来却又无所适从，不敢面对内心深处的自我？

我们累了，或许我们需要停下来。至少让我们放慢脚步，让我们从喧嚣中暂时抽出身来，静静地，不去想过去的成败得失、悲喜荣辱，不去想未来的梦想与期待，不去想柴米油盐、人情世事。让一颗疲惫焦虑的心静静地得到滋润。

　　明天，当太阳悄悄来临的时候，我们可以有充足的信心，向门外轻轻地迈出一步。🌸

（原载 2000 年 5 月 17 日《河北经济日报》）

我们总是行动太迟，后悔太早

我们常常在机会来临时还在发愣，眼在这里，思想却在别处。等到别人捷足先登时，恍然大悟却悔之晚矣。

初学打网球时，我的大部分时间花在盯别人的球上，总是仓促地跑来跑去被动地接球。可是我发现，网球高手的眼睛盯着对手，脑子却在飞快转动，判断球的可能方向并先发制人。所以，凡事应该快快地想，眼疾手快，争取走在问题的前面。

错过的就把它放过，不要把时间花在懊悔上。否则你就会跟不上球的速度，接着失球。如果手在这里，思想也在这里，就能争取主动的机会。

有时我们好像要着手做事了，可生活却好像去了别处。我们一小口一小口地喝着茶，眼睛在报纸上一行一行地慢慢移动，我们从容又冷静，试图等着思想自己回来。在不受干扰的散漫中，我们钟情的机会已经勾肩搭背地跟着别人走了，它向我们抛媚眼的时候，我们正忙着发呆呢！

很多事情，如果走远了，就不会回来。所以，努力地想，勤奋地做，就不会行动得太迟，却后悔得太早。🖋

小事，意味着什么？

对大多数人来讲，几乎每一天都是在平淡中度过的。

年少时，喜欢做梦。总以为不定哪一天会发生一些新奇的事，拥有不太现实的情节，给人出乎意料的惊喜。而且，少年时总以为自己前途无量，定能出人头地，干一番大事。

随着年龄的增长，这些想法就像吹出的肥皂泡，慢慢地缩小，但一直不肯熄灭。到了40岁，才蓦然发现什么都没有发生。过去的每一天都是琐屑而平淡的，我们每天所干的事也都是不足挂齿的小事。也就是说，我并没有干出什么大事，人生却过去了一半。

农村老家有一位叔叔，与我同龄，但看上去满脸沧桑，明显比实际年龄老成。还有一位90多岁的奶奶，在农事劳作、洗洗涮涮以及一些鸡毛蒜皮的事中，她的背驼了。

看看周围已经老去或正在老去的人们，他们每天都在忙碌着一些事，没见干出什么，眼就花了，背也驼了。

其实就是一些小事把我们使唤老了。我们活在一个又一个平常的日子里，琐碎的小事刚好填满每一天。即使你今天多刷了两遍牙，明天仍然需要刷。事小，但不会因为你今天多干了一点，明天就会减少。

我们的一生，是用时间的针线把密密麻麻的小事织在一起的。所以，不要轻视小事。

　　一个清洁工，一生都在清扫。她很认真，仔细扫过每一寸路面。她也许不知道上帝对她的赞誉："瞧，这个人扫得多努力啊！"

　　每每走过她的身旁，我都要用敬佩的目光看她，由衷地对她微笑。

　　一个肯把小事做好、做细的人，肯定能够托付大事。因为所谓"大事"，就是由一件件不起眼的小事组成的。宇宙飞船的成功发射，离不开一个个小零件的设计、制作、检验、安装。

　　大事是从小事开始积累的。小事干好了，大事就可能有望。

　　周围有一些和我过去一样年轻的青年，整天四处闲逛，一副找不到大事可干的样子。他们不屑于扫扫地、打点儿开水之类的琐事，起草文件、修改报告又觉得自己大材小用。结果，领导只能根据敷衍了事写出的东西做出判断，他怎么敢指望重用某一位？

　　有一个小伙子，人很踏实。每天早晨把办公室打扫得干干净净，看见公用水房地上脏了，随手用拖布擦干。他做的这些，领导基本上看不见，因为他的办公室在走廊拐弯处。所以，有一天领导偶然发现，对他评价更高。因为他不是为了某种目的干这些琐事，仅仅做好了自己应当做的小事。

一个肯弯下腰，把自己周围弄干净的人，做别的事也会很认真。那个小伙子后来得到重用，结果不负所望成了单位的业务骨干。

干好小事，也许会有出人头地的一天。即使成不了大事，至少也会获得人们的尊重。🌸

生命的风雨都将是掌声

当水有了远方，有了里程，才算真正的河。

春夏秋冬，年月更替，经历四季轮回，才懂沧桑。

新疆的吐鲁番有一片寸草难生的火焰山，被称为"火州"。但火焰山西侧的葡萄沟却盛产极致美味的葡萄。

白天烈日炙烤，气温很高，一到夜晚又急剧下降。人们用"早穿皮袄午穿纱"来形容这里昼夜温差之大。烈日当头，植物可以充分地进行光合作用，制造出大量的淀粉、糖类等物质。一到夜间气温降得很低，植物的呼吸作用减弱，这样就减少了养分的消耗。所以，果实中能够积累大量的营养物质，不但个儿长得大，而且营养充足。新疆出产的瓜果又大又甜的秘密就在这里。

你看，甜蜜从来没有一蹴而就，它是一步步达到的。上天是公平的。荒凉中一日日寒热交替，是为了让葡萄一点一滴去集聚甜蜜。

信任和尊重自然才能获得甘甜的回报。当我们的生活有了甘苦自知的底蕴，情感自然就有了寄托和依傍。

生命的风雨都将是掌声。

很多人之所以成功，是因为他们开始的时候有些阻碍前进的缺陷促使他们加倍努力，从而获得更多的回报。所谓"光辉岁月"，并不是后来闪耀的日子，而是无人问津时你对梦想的偏执。

弥尔顿失明，写出惊世诗篇《失乐园》，表达对人类的深深同情，对自由的强烈呼吁；贝多芬失聪，却让世人听到了同命运抗争，绝不能被它征服的交响曲《命运》。

岁月终将流逝。与其感叹，不如体会汗水付出后，生活慷慨的恩赐。默念一年的收获，那份踏实的心情，才是一生最好的答案。

有时候需要握住那个名字取暖

　　起风了。在深夜的孤灯下，听风掠树梢的声音，忽然想起多年前在油灯下默默为我们兄妹 5 人缝衣做鞋的母亲。她身后的墙上，是被油灯放得很大的影子。

　　落雨了。在滴雨的屋檐下，看匆匆的行人和被雨水打湿的生活，慢慢想起 5 岁时把他的衣服搭在我头上，背着我在泥泞中回家的哥哥。他的背很温暖，我在那雨中一直安心睡到现在。

　　飘雪了。在结满冰花的窗前，呵开一处向外张望，偶然想起泥炉上冒着可爱水汽的水壶和炉旁不断添煤的父亲。火光透过炉盖一闪一闪地照在他脸上。

　　天黑了。穿过长长的黑暗，跟在丈夫身后，听他用脚步声把一盏盏廊灯点亮。

　　孤单了。在书架前随手翻书，被一个好像经历过的故事感动。翻过书页，是一个早已走出视线的朋友的名字。

　　生病了，疲倦了，失望了，流泪了，一些细节就会跨越岁月来到面前，他们的名字常常被我轻轻地握在手中，取暖！

其实，我们每个人都生逢其时

——读王开岭的《古典之殇》

"你来这世界才不久，过不了几年又要离开的，怎么居然以为在这里找到了归宿？"

读王开岭的这本书，让我时时想起法国女作家波伏娃的这句话。相信波伏娃的诘问击中不少人的软肋。

可是等一等，是不是正因为我们能看到自己在时间中的无足轻重，清楚自己只能出现于这个时间和空间，才会选择目不转睛地直面糟糕，结结实实地拥抱自己的时代？

"责备与爱，尖锐与温情，落魄与信心，是我对当代的基本态度，如此矛盾又如此和谐。"贯穿在王开岭这本书中的正是这种久违的客观和积极的理性。沿着这样的精神线索在追溯古典、保卫生活、怀念人类童年的文字旅程中，我们会体验到不可名状的美和疼痛。

在痛惜因为人类的野心勃勃而荡然无存的美丽乡土和自然风物，不断消失的无数草木和生灵的同时，他发出这样的追问：有多少人还记得大自然赋予我们的那个"原配的世界"的模样？

在大自然的原始配置中：夜，天经地义是黑的。黑了亿万年，即使有了人类的火把，夜还是黑的，底蕴和本质还是黑的。水，理所当然是有源头、有历程、有深度、有远方的。"逝者如斯夫，不舍昼夜。"流，是水的信仰。逝，是生的本质。耳根，自然而然是清静的。

溪声、涧声、竹声、松声、芭蕉雨声，皆天地之清籁。长安一片月，万户捣衣声，世界一片清寂。

远岫含烟，新秧翻绿。虫鸣草寂，树叶飒飒。

一眨眼的工夫，无数事物只剩下背影。那个天光明澈，风物灿烂的世界，正渐行渐远。

蒹葭苍苍，白露为霜……

关关雎鸠，在河之洲……

雨滴石阶，风疾掠竹……

草际烟光，水心云影……

当孩子们的琅琅书声入耳之际，内心总会有冰凉的战栗和疼痛。面对霾尘黄沙，面对荡然无存的"现场"，孩子们该如何费力去追想和翘望这些再也走不出纸张的诗情画意？

有很多人说失乃必然。但失的速度和规模是否太惊人？变的方向、节奏、进程是否合情合理？有多少人还有回得去的故乡？

面对岌岌可危的自然环境，他表达了这样的质疑：世界是谁的？是人类自己的吗？

其实人类和万物一样，不过是宇宙的过客，是逗留者

311

和借宿者。"我们不是地球的'业主',只是她的孩子,是她养大的……"人类应当学会节制和谦卑,应当培养与万物共享世界的"大地伦理"。

他认为,对于自然最后的领地——荒野,人最恰当的态度就是以远眺的方式,保持敬畏和憧憬。

人,应当重新确认自己属于大自然,把自己送回去,把精神和骨肉送回大地子宫。唤醒生命的本来面目和自然身份,进而与世界团圆。

面对当代生存截面上弥漫的焦虑和浮躁,激愤与粗暴,他有自己的客观与冷静。

"感情上,我们没有理由不爱现世,不支持和肯定当代价值。因为我们只有它,我们的摇篮和坟墓,生涯和意义都住在里头——像蚯蚓淹没在泥土里,我们把一辈子,仅有的一辈子都抵押给它,献身于它了。"

正因为我们仅有一生,并没有别的去处,所以"每个人,都在厌恶与赞美,冷漠与狂热,怀疑与信任,逃避与亲昵中完成了对时代的认领"。

其实,每个人都生逢其时,每个人都结实地拥抱了自己的时代。

我常想,我如何变成今天的我?这究竟是我自己可以决定，还是我与时代合谋？

这样时时设问，其实心里很清楚，每个人都注定要被时代的激流裹挟。即使被伤害，被困惑，被"截止日期"所追迫，能够做的也只是在抱怨命运的不公之后继续信赖它，在痛恨人生的无常之后继续挚爱它。

除此之外，并没有更好的选择。

正如王开岭所说，无论我表达了多少对世界的焦虑和不满，但一转身，就恢复成一个孩子的任性和简单。

对自然的尊重，更大程度上是表达我们对爱的决心，以及与世界厮守的愿望。

我非常喜欢海明威的话："这世界很美好，值得我们去奋斗！"🏵

彼此说服，不如分头赶路

　　人与人接壤，能诉说的只是片面辰光，一两桩人情世故而已。这话也适用于写作。

　　我个人的写作零散、跳跃、漫不经心，只是自我构建和行进的一个回溯。即便微小琐碎，但却是来自内在的真实思考。也许这种任性和率直无法迎合大众阅读，但正如庆山所言："人的表达有各自的局限，有它在不断被推入过去的即时性。有也许曾经被古人或过去早已反复陈述的困守挣扎，但这并不意味表达的虚妄。"

　　文字具备即刻的意义。一些观点或细节记录的即刻便已成为过往。这一切表达中对自己来说重要的事情，对他人不是。其实，只有你对自己的生命负责。

　　个人的表达受制于阅历、经验，导致对事物有不同的感受和理解，就此在不同人群中产生的认知隔阂，就如登山，再好的经验也不能替代你亲自翻山越岭。终究，每个人的内在只能独享。

　　文字在叙述中寻找出路，记录意念生发的瞬间，其意义在完成的当下即告结束。文字于我而言，是生命途中的自行了悟，即便时时察觉到自己的种种不知所措和不合时宜，内心无从归属的惘然。不敷衍，不辩驳，不追究，不说明。在完成的即刻，如同大风呼啸而过，渐行渐远，不留痕迹。所以写作完成的同时，不必追究结局如何，有何意义，只是内心的觉知和清理。

写作纯粹是个人行为。有自身的软弱、限制和无力，我从不觉得自己有能力和资格做出超出自身经验的总结。也许最终看清楚的不过是自己的一颗心在现实中千疮百孔，不经意露出的种种破绽。

个人的心路不同，难免在阅读中产生障碍或偏差。凡是认真思考过的，都值得尊重。凡刻意拒绝的，都不必说服。人生苦短，与其彼此说服，不如分头赶路。

写作的最终目的，不过是自我的净化、过滤、内省，是用全力保持热忱和天真，是与自我达成和解。⬛